ベスト時代文庫

献残屋 見えざる絆

喜安幸夫

ベスト時代文庫
KKベストセラーズ

目次

この作品はベスト時代文庫のために書き下ろされたものです。

見えざる絆《きずな》

一

「おまえさん。田町《たまち》四丁目の辻屋《つじや》って一膳飯屋さん、知ってるでしょう？」

亭主の箕之助《みのすけ》が敷居をまたぐなり、女房の志江《しえ》が待っていたように口を開いた。箕之助は外まわりから帰ってきたばかりだ。

「辻屋？」

にわかには思い出せなかった。志江が店番をしていた玄関の腰高障子の前に〝よろづ献残《けんざん》大和屋《やまとや》〟と記《しる》した木札が風に揺れている。秋を感じる、よく晴れた一日である。

「開店のときに、挨拶《あいさつ》に行ったんですって？」

「あゝ、あそこか。田町四丁目といえば、札ノ辻《ふだのつじ》をちょいと裏に入った」

志江がつけ加えるように言い、箕之助はようやく思い出した。

心配性の志江だが、このときはまだ疑念を乗せた表情ではなかった。むしろ箕之助のほ

うが上《あ》がり框《かまち》に足をかけながら、

「札ノ辻の辻屋さんが？」

と、首をかしげた。

「そうそう。札ノ辻の近くだと言っていました」

「妙だなあ。札ノ辻の裏手で辻屋といえば、一膳飯屋じゃなくて蕎麦屋《そばや》じゃなかったかなあ。札ノ辻だから辻屋なんてありふれた屋号だが、おなじ町内で似たような商いの店が二つもあるはずはないし。ちょっと待ってな」

箕之助は店場の板敷きに上がって帳場格子《ちょうばこうし》に向かい、文机《ふづくえ》の前に座った。献残屋稼業の箕之助は売掛や買掛ばかりか、御用聞きにまわっただけの箇所まで細かく台帳につけている。

「あった。これだ」

すぐ顔を上げた。

「間違いない、蕎麦屋だ。新しく開いたとき、確かに一度挨拶に伺っている。半年前だ。小振りな店だったからというのではないが、それっきりになっている。そこがなにか？」

「蕎麦屋さん？　でもそこの若いおかみさん、確かに一膳飯屋だと」

と、志江はまだ飯屋にこだわり、文机の横に膝を折って台帳に視線を落とした。

「ほれ、これだ」

箕之助が指で示した部分に、確かに〝田町四丁目辻屋　業種蕎麦屋〟とある。

「書き間違いってことは」

遠慮気味に言う志江に箕之助は、

「わたしが帳簿や台帳を書き間違えるなんてことあるかね。それにわたしは直接そこに行ったのだから。確かに蕎麦屋で、それも表通りから隠れるような二階長屋の小ぢんまりした店だったよ」

「でも、確かにあの若いおかみさん、一膳飯屋だと自分の口で」

なおこだわりながらも、だからであろう志江はこのとき、はじめて表情に怪訝《けげん》の色を浮かべた。

「聞き間違いか書き間違いか。ともかくその辻屋さんがどうかしたかい」

箕之助は文机の前に座ったまま、志江の顔をのぞきこんだ。

「――またか。おまえはまったく心配性なんだから」

これまでも志江が表情に怪訝の色を刷《は》いたときなど、箕之助はよく言ったものである。だが、結果としてその怪訝が当たっている場合がけっこう多かった。時にはそこに、命のやりとりさえ含まれていたこともあった。いまその思いが、フッと胸裡をよぎったのを箕之助は覚えた。志江は応《こた》えた。

「いいえ、ありがたいことですよ。半年も前に一度挨拶に行っただけというのに、わざわざ向こうから来てくださるなんて」

「来てくれた？　注文にかい。それに若いおかみさん？」

　箕之助は問い返した。

「えゝ。若いおかみさんで、確かにそのように。日ごろの御礼の意味で、ご贔屓筋《ひいき》になにか配りたいので適当なものを見つくろってくれないかって」

「辻屋さんが？　開店ならともかく、ご贔屓筋といったって蕎麦を食べにくるお客さんにねえ」

「だから、一膳飯屋さんだって」

「いや、確かに蕎麦屋だった。覚えている。それに配るってなにを？　そこから妙な」

「えゝ、そこなんですよ。あたしはてっきりおまえさんが辻屋さんをよく知っていると思って、帰りを待ってたんですよ」

　帳場格子の奥と横に座ったまま、夫婦のやりとりはつづいた。

　献残商いの大和屋は、田町とおなじ東海道筋で芝《しば》三丁目の江戸湾芝浜《しばはま》寄りの脇道に入ったところにある。街道は芝から北方向へは金杉橋《かなすぎばし》を経て新橋《しんばし》、京橋《きようばし》と進めば日本橋につづいている。その立地から本通りは夜明けとともに旅姿や町衆の往来に混じって荷運びの大八車に荷馬が繰り出し、そのあい間を縫うように辻駕籠《つじかご》が「あらよっ」「こらさっ」と、土ぼこりを上げて駈《か》け抜けていく。

大和屋はそうした本通りから二本も脇道にそれた一角に位置し、人通りもほとんど町内の者でまばらだが、商《あきな》いの内容からそれで十分なのだ。

大名家が国おもてから江戸へ参勤交代で戻ってきたときなど、将軍家をはじめ幕閣や柳《りゅう》営《えい》（幕府）の要所々々にお国土産《みやげ》を配る。いわゆる贈答品だが、それらの多くは献残物《けんざんもの》といって二次利用、三次利用された。

もちろん贈答は裏町の辻屋のおかみさんが大和屋へ顔を出したように、元禄《げんろく》の華《はな》やいだ世とあっては市井《しせい》でもきわめて盛んだった。大和屋は街中《まちなか》でのそれらを対象とした。市井に行き交う贈答品の余剰を買い取り、さらに転売するのである。いわば献残屋は下町の一軒でも、社会の営《いとな》みの潤滑剤といえた。そこで扱う品は、漆《うるし》塗りの角樽《つのだる》や扇子《せんす》に茶器もあれば、食べ物なら熨斗鮑《のしあわび》に干魚、干貝、昆布に葛粉《くずこ》、胡桃《くるみ》といった日持ちのするものがほとんどだった。大和屋でも店場の板戸一枚奥の部屋にはそれらが積まれている。

「で、その辻屋さんがどのような品を？　扇子は食べ物屋には似合わないし、常連さんの一人ひとりに湯呑みでも配るんじゃ、うちでは数がそろわない。葛粉か胡桃でも小分けして包めばいいのかなあ。それならいま手持ちはあるが」

亭主の箕之助が言ったのへ、女房の志江は、

「それをおまえさんに訊《き》きたかったのだけど……でも」

と、あらためたように首をかしげた。献残屋なら相手の顔を見れば用途が冠婚葬祭のい

ずれかすぐ見分けがつくものだが、

「開店一年目を迎えたとでもいうのならともかく、半年目のお祝いってなにかしら。それにお祝いというには」

「そこの若いおかみさんとやらは、そんな面持ちじゃなかったのかい」

箕之助はまた問い返した。半年前に挨拶に伺ったとき、店にいたのはかなり年を経《ふ》ったおやじさんが一人で、その女房らしいのがチラと顔を見せただけで、若いおかみさんとやらは顔を見ていない。

「えゝ」

志江は返し、

「なにやら深刻そうな……最初お顔を拝見したときには、お葬式のお返しかなんて思ったものですから」

そこに疑念を抱いたのだ。

「急いでいたかい」

「そんなようすでも」

「なかったのか。だったら急ぐことはない。もうそろそろ夕刻に近い。舞《まい》ちゃんが通りかかれば呼びとめよう。あの娘《こ》には毎日の通り道だ。辻屋さんについてなにか知っているかもしれない」

「そうね。お蕎麦屋さんなら、日向《ひゅうが》の旦那も知っておいでかしれない。あの旦那、蕎麦には目がないから。あたしそろそろ夕飯の支度を」

志江は奥への廊下に向かった。夕飯といっても昼の残りの味噌汁に具を足し、あたためなおすだけだ。さっき裏手の勝手口に豆腐屋の声が聞こえていた。物置にしている部屋の奥が居間で、その向こうが台所になっている。

「ま、小口だろうが仕事は小まめにやらなきゃ」

箕之助は呟《つぶや》き、きょう挨拶に顔を出した先を台帳につけはじめた。町の献残屋は、目立つ看板など出していない代わりに、こうした日々の顔つなぎが大事なのだ。

舞は芝二丁目の裏店《うらだな》に兄で大工の留吉《とめきち》と一緒に住んでおり、芝から街道を南へ進み、札ノ辻を過ぎた田町八丁目の腰掛《こしかけ》茶屋で茶汲み女をしている。芝は北から南へ一丁目から四丁目へと街並みが区分けされ、つぎの田町もおなじように南へ向かって一丁目から九丁目まで区分されている。だから舞は毎朝毎夕、辻屋のある田町四丁目の街道筋を通っていることになる。それに裏店の芝二丁目から街道へ出るのに、いつも多少は近道になる三丁目の大和屋の前を通るのだ。

志江が言った日向の旦那こと日向寅治郎《とらじろう》は西国の浪人で、舞が昼間働いている界隈一帯の茶店群から頼まれ、街道筋の用心棒をしている。塒《ねぐら》を舞や留吉たちとおなじ長屋に置いており、毎日の道順も舞とおなじである。奇妙な浪人で、商売とはいえ連日いずれかの茶

店の縁台に腰掛け、刻々と変わる街道の往来人を凝《じ》っと見つめている。腕もさることながら、そのようすがまた界隈の茶店から、

『仕事熱心で実直なお人』

と、信頼を得るところとなっていた。

箕之助が玄関口の腰高障子を開けたままにし、帳簿をめくりながらもチラチラとおもてに視線を投げるまでもなかった。下駄の軽やかな音とともに、

「あら、旦那さん。まだお仕事ですか」

舞が大和屋の玄関口に顔を入れた。まだ二十歳《はたち》にはとどかず、うりざね顔に目鼻もとのい、いわゆる美形である。三十路《みそじ》を超している志江を、

『お姐《ねえ》さん』

と、いつも呼んでいる。そうした呼び方も、毎日の通り道でいつも顔を合わせているといっただけの理由からではない。

「おや、舞ちゃん。待っていたんだ」

「えっ、ほんと！」

箕之助の言葉に、舞は弾んだ声に満面の笑みをつくり敷居をピョコリと跳び越えた。

「で、話とは？」

早くも顔に期待を滲《にじ》ませている。娘盛りのせいかどうか野次馬根性の旺盛なところは、

大工職人の気風《きっぷ》が大手を振って歩いているような兄の留吉に負けず劣らずで、もう下駄を脱いで上がり框に足をかけようとしている。なにしろ献残屋ともなれば商家でも武家でも納める品の相談に与《あずか》れば、ついその家の奥向きをのぞいてしまうことがよくあるのだ。そこでついまた商売熱心のあまり立ち入ってしまえば、そのときには自身がもう揉《も》め事の渦《か》中《ちゅう》の人になってしまっていることもある。

声が聞こえたのか、

「舞ちゃん、どうする。うちで食べていく？」

台所から志江が声を投げてきた。大和屋は一戸建ての店構えながら広くはないのだ。

「はーい」

舞はもう店の板の間に上がりこんでいる。

「あたしを待ってたっていう話、あとで詳しくお願いしますね」

言いながら帳場格子の前から奥への廊下に音を立てていった。

箕之助は苦笑しながら帳簿を閉じ、あとにつづいた。居間は障子を開け放しているので台所とは通しになり一つの部屋のようになっている。舞はまな板を手伝いながら、

「あゝ、辻屋さんね。知ってる、知ってる」

相槌を打っていた。志江から話を聞いている。卓袱台《ちゃぶだい》の前に腰を下ろした箕之助は、

「つまりだね、その札ノ辻の辻屋さんが蕎麦屋か一膳飯屋かってことさ。それによって納

める品も違ってこようからね」

台所の話に口を入れた。

「なあんだ、そんなことだったんですかぁ」

舞は拍子抜けしたように言い、

「お姐さんも箕之助旦那も正解です」

「どういうこと」

鍋に味噌をつぎたしながら志江が問い返した。舞は豆腐を切りながら、

「出だしは蕎麦屋さんだったけど、いまは一膳飯屋さん」

「えっ、衣替《ころもが》えしたのかい。蕎麦から一膳飯に？」

「そのとおり。うちのほうの茶店とおつき合いがあるわけじゃないので詳しいことは分からないけど、日向の旦那が残念がっていました。帰りにせっかくなじみかけた蕎麦が食べられなくなったって」

「やっぱり」

志江が相槌を入れた。

卓袱台に夕飯がならびはじめた。ご飯は朝のうちに一日分炊いているし、味噌汁のほかにおかずをせいぜい一品つけ加えた程度だ。舞は箸を動かしながら、辻屋が開業したとき日向の旦那が喜び、一膳飯屋に衣替えしてからも、用心棒先の茶店で夕飯を食べそびれた

ときにはときおり立ち寄っているといったような話をしたが、それ以上に話題は進まなかった。舞自身は行っていないので、屋号はそのままで人が代わったのか、それとも人はそのままで売り物だけを変えたのか、どちらとも知らないという。

「これ以上長居して、兄《あに》さんが長屋に帰ってあたしがいないとなると、また喜んでここへ来て迷惑をかけることになるから」

と、舞が腰を上げたのは、まだ暗くなる前だった。留吉は舞の言うとおりだった。いつも普請場からの帰りにひとっ風呂浴びて長屋に戻ってくるのだが、舞も寅治郎も暗くなっても帰ってこなかったなら、きっと三丁目の大和屋だろうと当たりをつけ、

「へへへ、なにかおもしろい話でもありますんで？　あっし一人が蚊帳《かや》の外ってのは困りますぜ」

と、大和屋へ顔を出すのである。

この日、日向寅治郎はまっすぐ帰ったようで、大和屋には顔を見せなかった。ただ舞が敷居を外へまたぐとき振り返り、

「あ、そうそう。半年ほど前、兄さんが札ノ辻の近くで貸店《かしだな》を食べ物屋に模様替えをしたとかなんとか言ってた。ひょっとするとそれが辻屋さんかもしれない。きょう帰ってから訊《き》いてみますよ」

言っていた。訊かれた留吉は、あしたあたり喜んで大和屋に顔を出すかもしれない。

大工が部屋の化粧直しや間取りの手直しなどに入った場合、献残屋以上にその家の奥向きをのぞくことになる。また留吉は、大掛かりな仕事よりも手の込んだ細工を得意としたことから、棟梁からそうした現場をよく任されていたのだ。箕之助が芝三丁目にいまの一戸建てを借りたときも、化粧直しの普請に入ったのは留吉だった。

この日、疑問といえば辻屋がなぜ蕎麦屋から一膳飯屋に衣替えしたのかといった些細なことで終わった。だが、献残物の動きでその家の浮沈が分かるように、どんな些細な品でもそこの動きを事前に察知するきっかけになることもあるのだ。それを箕之助は十分に心得ている。そのせいもあろうか、なぜだかまだ分からないが辻屋に対してもこのとき、妙に心に引っかかるものを感じた。心配性の志江はなおさらで寝床についてからも、

「おまえさん、あした早いうちに辻屋さんへ伺ってみたら」

「そうしてみようか」

箕之助は応《こた》えていた。

二

翌朝、疑問の種は向こうからやってきた。それもけっこう早い時間帯にである。日の出の明け六ツの時分に志江が店の前の往還を掃《は》き、そこへ、

「お姐さん、おはよう」

と、田町の茶店へ向かう舞が通る。それが大和屋には一日の始まりの合図のようにもなっている。この時分はもう街道には人や馬、大八車が出はじめている。沿道の茶店は、それら往来人の元気づけの場でもあり、お休み処ともなっているのだ。

用心棒の日向寅治郎は舞よりすこし遅れ、陽が昇ったころに悠然と街道へ歩を進める。志江はもう奥に入っている。そろそろ寅治郎が大和屋の前を通ろうかといったころあいであった。腰高障子の中では、すでに箕之助が帳場格子の中できょうまわる先の算段をつけていた。そこには田町四丁目の辻屋も入っている。箕之助は立ち上がり、

「さて」

元気づけに腰を叩き、きつく締めた角帯に音を立てたときだった。

「ん？」

腰高障子に人の影が射した。箕之助は瞬時、日向寅治郎かと思った。だが、寅治郎が留吉や舞と違って、自分から揉め事に首を入れたがるような人物でないことを箕之助は知っている。それに影に映った髷《まげ》は、明らかに女であった。箕之助が凝視するなかに、

「朝早うからごめんくださいまし」

声とともに障子戸が動いた。

「あっ、お手前さまは」

覚えている。半年前の挨拶伺いのおり、奥からチラと顔を出した辻屋の老境に近い女房だった。箕之助は帳場格子を出て三和土《たたき》のほうへすり足をつくった。どう見ても志江の言っていた〝若いおかみさん〟とは異なる。

「田町四丁目の辻屋でございます。開店の折にはわざわざお越しいただきまして」

女も箕之助を覚えているようだ。そのときは商いに結びつかなかったが、こまめな挨拶まわりがいま効いているのかもしれない。

「これは、これは。きのうもお一人お越しいただきましたそうで。それできょう、これからお伺いしようと思っていたところでございますよ。さ、お掛けくださいまし。おーい、お茶を」

箕之助はその場に膝を折り、奥に声をかけ板の間を手で示した。

「いえ、このままで。実は、そのことなんでございますが」

女は三和土に立ったまま言う。

志江が奥からお茶を運んできた。盆にはお客用と箕之助の湯呑みが載っている。じっくり話をする相手ではないときにはお客の分だけとなる。このあたりの呼吸を、志江はよく心得ている。店場の雰囲気が、話し声で居間や台所にも伝わってくるのだ。

「志江、こちらが辻屋さんのおかみさんだ」

「えっ」

箕之助が言ったのへ、膝を折った志江はまだ盆を持ったまま小さく声を上げた。

「はい。きのう伺いましたのは、うちの嫁でございます」

志江の疑念を女は埋め、

「あたしはナカ、嫁はイヨと申します」

嫁の名まで告げ、言葉をつづけた。

「きのうは嫁が出しゃばったまねをしまして申しわけありません。表通りの大きな料亭や料理茶屋じゃあるまいし、札ノ辻の裏でほそぼそとやっているうちでは、常連さんに物を配るなんてことは考えてもおりません。あの嫁ときたら、まったくなにをするのやら。あたしに無断で勝手なことをしまして。お品の準備などで、もしこちらにご迷惑をおかけしていたのならお詫びいたします」

ナカなる辻屋のおかみさんは深々と頭を下げた。言うことは一理ある。大振りな店なら珍しくないが、場末《ばすえ》の一杯飲み屋や一膳飯屋が、開業早々ならいざ知らず何の節目でもないのにお客へ物を配るなど不自然である。

「やはり」

つい箕之助は口に出した。

「いえね、いつもこうなんでございますよ。聞いてくださいましよ」

ナカはなおも立ったまま話しつづけた。

「せがれはもういないのだから、本来なら嫁も出ていくはずなんですが、それがまだ居座っておりましてねえ。しかもあたしが別の人手を雇入《やとい》れようとすると、嫁が追い出してしまうんですよ。自分の居場所がなくなるからでしょうよ。まったく困っております」

さもいまいましそうに言い、

「そこへあたしの亭主が寝込んでしまい、あたしはご覧のとおりもう歳ですし、もしあたしまで寝込むようなことになるとどんな仕打ちをされるか。店をとられるだけではすみません。それを想像すると、身の毛もよだつ思いなんですよ」

ナカはブルルと身を震わせた。

「あっ、これは失礼しました。つい愚痴を言ってしまいまして」

ナカはハッとしたような表情をつくり、

「ともかく嫁の尻拭いなんですよ。こちらさまにご迷惑がかからぬうちに、こういうことは早いほうがよいと思いまして。ほんと、失礼いたしました」

ふたたび腰を折り、そのままの姿勢であとずさりし、敷居を外にまたいだ。まだ朝の陽射しである。ナカの影は大和屋の前から消え、あとには志江がまだ空の盆を持ったままで、誰も口をつけなかった湯呑み二つが板の間に残った。

箕之助と志江は顔を見合わせ、どちらからともなくため息をついた。

「品を用意する前でよかったが、つまり嫁と姑《しゅうとめ》の諍《いさか》いか」

「でも、どんな仕打ちをされるかなんてひどすぎますよ。あそこまで言わなくても」

箕之助はため息のなかに言ったが、さすがに志江は嫁のイヨのほうへ肩入れする口調をつくった。

「ともかく他人《よそ》さまのことだ。この話はこれで御破算《ごはさん》に願おうじゃないか。品物の動きもなかったことだし」

「でも、おまえさん。内輪《うちわ》の争いを外にまで持ち出すとは。このまま進めばなにやら起こりそうな」

志江は心配そうな言いようになった。

「ほれほれ。またおまえの心配性がはじまった」

このとき箕之助は、まだ嗤《わら》うような口調を返していた。

太陽が東の空にあるうちは、街道を行く旅装束は南へのながれが大半である。江戸府内から見送り人がついているのもけっこういるが、それらはおよそ田町七、八丁目か、せいぜい九丁目あたりまでが相場である。田町九丁目を過ぎると街道の片側はすぐ江戸湾袖ケ浦《そでがうら》の海浜となり、いかにも江戸の外といった風景になる。臨海の街道を過ぎふたたび両脇に家がならびはじめると、そこはもう東海道最初の宿駅となる品川宿《しながわしゆく》である。

舞が奉公というよりも手伝いをしている茶店は田町八丁目にある。店を出しているのは地元の漁師の隠居夫婦で、そこを舞は手伝っているのだ。七丁目あたりから八、九丁目にかけては、そうした葭張《よしずば》りに縁台を二つ三つならべたお休み処の茶店が街道の両脇にならんでいる。舞がいつも朝早いのは、旅人と見送り人がちょいと腰掛けて別れを惜しんだり、見送ったあとやれやれと腰を降ろし喉《のど》を湿らせる人たちがけっこう多いからだ。舞のいる茶店もいましがた、

「馳走になった」

「さあて、ここからは江戸の外だのう」

と、二人連れの武士が立ったばかりだった。

「道中、お気をつけくださいまし」

これが午前中の茶汲み女たちの挨拶言葉である。午《ひる》すぎになると流れは変わり、旅装束の者はほとんどが品川宿方面から江戸府内へ入る姿ばかりとなり、茶店に腰を下ろす客もけっこう多い。茶汲み女たちの江戸なまりを聞くと、旅をしてきた者はようやく江戸に着いたとの実感が湧くのである。

まだ朝のうちである。

「旦那ア、きょうはうちで」

「あとでこちらにも来てくださいね」

あちこちの茶店から声がかかるのへ、

「おう」

「ほうほう」

と返しながら悠然と歩を進めてきたのは日向寅治郎だった。七丁目から九丁目にかけて、寅治郎がいずれかの縁台に腰をかけているだけで騒ぎが起こらないのには、沿道の他の町も羨《うらや》んでいた。

ときおり茶汲み女の尻を撫でたり手を取って引き寄せたりする不心得な客がいないわけではないが、それらはいずれも寅治郎の存在を知らない他所者《よそもの》である。そういう輩《やから》が出るたびに寅治郎は縁台から腰を上げる。

いつだったか二人組の馬子が湯呑みに藁《わら》くずが入っていると因縁をつけ、往来人が集まりかけたときには二人とも裏手の砂浜で叩きのめされていた。酔った侍《さむらい》が茶汲み女に握った手を振りほどかれ、刀を抜こうとした瞬間に鉄扇《てっせん》で手首を押さえられ、這《ほ》う這《ほ》うの態《てい》で退散したこともあった。さすがに侍といおうか、瞬時に相手の技量のほどを悟ったのであろう。そうしたあとも寅治郎はなに喰わぬ顔で近くの縁台に座り、ふたたび往還を行く人波を飽きもせず凝《じ》っと見つめているのである。

歳なら三十路《みそじ》を四、五年も過ぎていようか、浪人によくある胡散臭《うさんくさ》さはなく、とくに鉄扇の捌《さば》きには転瞬の冴えがあり、だから街道筋の女たちは寅治郎を〝鉄扇の旦那〟などとも称《ょ》んでいる。

「おう、舞。さっきお客が立ったようだなあ。二番茶でいいぞ、熱いのを一杯」

と、寅治郎は舞のいる茶店の縁台に腰を下ろした。まわりの女たちは、仕方がないといった顔でそれを見つめている。寅治郎が芝二丁目で舞とおなじ長屋に塒を置いていることは周囲も知っているのだ。

「舞、おまえがきのう言っていた辻屋なあ。あそこのかみさんが今朝がた大和屋に入るのを見かけたぞ」

「えぇ、そんなに早い時分にですかぁ」

盆から湯呑みを縁台に置きながら舞は返した。ちょうどそのころ、寅治郎は大和屋の前を通ったようだ。

「あゝ。気にはなったが朝から仕事の話かと。じゃまになっちゃいけないとそのまま通り過ぎたのだ」

「旦那、気になるって、やはりなにかあるんですか、あそこに」

きのう舞が芝二丁目の裏店で辻屋を話題に出したとき、すでに暗くなっていたせいもあり、寅治郎は、

「――そうか。また蕎麦屋に戻ってくれればいいがのう」

と返しただけで自分の部屋に入ってしまい、話は先に進まなかったのだ。寅治郎よりも

兄の留吉のほうが、

「——札ノ辻の辻屋？　あそこなら開業のときも商売替えのときも、下職《したじょく》を一人つれて手直しに入ったのはこの俺だぜ。覚えてらあ。蕎麦屋に改装してそれをまた一膳飯屋に鞍替だ。その辻屋がどうかしたかい」

と、興味を示したのだった。

「いや、別になにもないが。ただ」

寅治郎は舞の問いに返した。

舞は縁台に腰を下ろした。もちろん、今朝ほど辻屋のナカが箕之助と志江になにを話したか、寅治郎も舞も知らない。

「ただ、なんなんですか？」

「蕎麦屋のおやじは治平《じへい》といってな、いい蕎麦打ち職人で俺はほとんど三日とあけず通っていたのだ。それが中風《ちゅうぶう》で寝込んでしまってな」

「あっ、それで一膳飯屋さんに」

「そういうことだ。だが、さすがに治平の女房と娘だ。飯屋に転じてからも季節々々の素材を生かしていい味を出すのだ。それで今でもときどき行っているのだが」

「娘？　だったら、きのうお姐さんが言ってたのは、その娘さんのほうかしら。それよりも旦那。さっきからなにか気になることがあるような口振りですが」

「それよ。娘とばっかり思っていたのが、実は嫁だったらしいのだ。どうも二人の仲が悪くてなあ、店の中でも二人は互いに火花を散らし合っておる。見苦しい限りだ」

「それって、どこにでもあるような嫁と姑の諍いじゃないですか。あたしもやってみたい。あらいやだ」

舞はペロリと舌を出した。やはり娘盛りか嫁入り願望はあるようだ。

「そこなんだ」

寅治郎はそれにはおかまいなくつづけた。ただ縁台に座って往還を眺めているだけでなく、他人の噂話もたまには気晴らしになるのであろうか、

「あの店には娘だろうと嫁だろうと、いまの手は二人しかいないのだ。それが本気でいがみ合っていたんじゃ、あの素朴な旨い味は出せない。そこがどうも不思議でなあ」

言ったのはそこまでで、

「早く元の蕎麦屋に戻ってもらいたいものよ」

と、やはり気晴らしの話題づくりか、それ以上に興味はないようだった。

「いらっしゃいませ」

舞は盆を持って立った。縁台に新たな客が座ったのだ。三人連れで旅に出る者を見送った帰りのようだ。

辻屋の話はそこで絶えたが、舞は野次馬根性だけでなくけっこう気の利く娘で、近辺の

茶汲み仲間に辻屋を知っている者がいないか当たっていた。

一人いた。札ノ辻の近くの裏店に住んでいる娘で、父親が辻屋の治平を知っており、ときおり見舞いにも行っているというのだ。舞は聞き込んだ。やはり辻屋の姑と嫁の仲が悪いのは田町四丁目界隈でも評判になっているらしく、治平の中風も、

「――きっと、おナカさんとイヨさんの仲が悪いのを気に病んでのことじゃないかね」

などと、四丁目界隈の者は言っているらしい。

それらをその日のうちに舞から聞いた寅治郎は、

「ふむ。きょうは帰りに大和屋へ寄ってみるか。辻屋が治平の回復祝いで挨拶まわりの品でも相談に来たのならいいのだがなあ。またあのおやじの蕎麦が喰える」

呟《つぶや》いたものである。

「――饂飩《うどん》は上方《かみがた》だが、蕎麦は江戸に限る」

寅治郎がよく言っている言葉だ。わけても辻屋の蕎麦はよほど気に入っていたようだ。

三

「舞、俺はこれで店仕舞いにするぞ。帰りに大和屋だ。おまえはどうする」

寅治郎が言ったのは、街道を行く人も荷馬も大八車も夕陽に長い影を引きはじめたころ

だった。さきほど旅装束のお店者《たなもの》が、

「——姐さん、やっと江戸に帰ってきた気がしたよ」

と、縁台にお茶代の三文と湯呑みを置き、立ったばかりだ。往還の動きは徐々に慌《あわただ》しくなり、まだ明るいもののこの時分になると沿道の茶店でゆっくりお茶を呑む者はいなくなる。舞のいる茶店もそろそろ裏手の竈《かまど》の火を落とそうとしていた。

「あら、ちょうどよかった。じゃあこれ、大和屋さんで」

奥に戻っていた舞が言いながら、九寸五分《くすんごぶ》（およそ三十糎《センチ》）の尻尾《しっぽ》を持ち上げ、

「きょうは四尾《ひき》も」

一夜干《いちやぼし》の秋刀魚《さんま》だ。茶店の裏手が海浜とはいえ、浜辺物以外は近海物でも運搬に時間がかかり、獲りたての生きのいいのは入らない。茶店でもそれらの焼き魚や団子などを出しており、四尾の九寸五分はきょうの余り物である。

「ほう、きょうは日向の旦那に焼いて差し上げるのかい」

と、老いたあるじが笑いながら油紙を舞にわたした。秋刀魚に限らず烏賊《いか》や団子が余ったときなども舞が油紙に包んで持って帰り、

「——おっ、こいつはたまらねえ」

と、留吉が頬張《ほおば》るのはよくあることだ。油紙は舞が洗って翌朝また店に持っていく。包み紙といえど、すり切れるまで何度も使うのだ。

気取った料理茶屋や大振りな料亭では、秋の味覚とはいえ焼けば煙モウモウ、脂《あぶら》ジュウジュウの秋刀魚は出さなかった。秋刀魚の煙が上がるのは長屋の路地か、馬子や大八車、駕籠《か ご》舁《か》き人足などが立ち寄る沿道の腰掛茶屋くらいである。きょうもけっこう舞のいる茶店でも、人足たちがお茶を呑みながら秋刀魚の焼いたのをムシャムシャとやっていた。精をつける秋の滋養食なのだ。

「おや、旦那。きょうはもうお帰りで」

舞をお供のように街道へ帰路の歩を踏むと、途中の茶店のあるじが出てきて、

「今夜はこれで精をつけて、あしたもまたよろしゅうお願《ねげ》えしますよ」

ふところ手の寅治郎の小脇に油紙の包みをねじ入れた。三尾ほど、その茶店でも余ったのだろう。

「いつも済まぬのう」

寅治郎はあるじに礼を述べ、

「舞、きょうは大和屋の卓袱台、賑わうことになりそうだなあ」

「えゝ、これだけあれば。さ、急がなくっちゃ」

二人とも速足《はやあし》になった。

江戸では、朝炊いた飯《めし》の残りを夕にはお茶漬けにし、なにか簡単な一品を添えるのが庶民の一般的な食卓である。味噌汁の残りに具を加えても立派な一品になる。そこへ一夜干

でも脂ジュウジュウの九寸五分が皿に載ったのでは、それこそ豪華版といえよう。

二人の足は田町四丁目にさしかかった。江戸府内のいずれかへ向かう旅装束の者は明るいうちにといよいよ長くなった影を引きながらなかば駈け足になり、帰路を急ぐ荷馬や大八車も動きが慌《あわただ》しくなっている。

前方で街道が二股《ふたまた》に分かれている。一本はそのまま東海道で東方向へ向きを変えて日本橋を目指し、ほぼまっすぐに北方向へ伸びるもう一本は、古川《ふるかわ》にかかる赤羽橋《あかばねばし》を越え増上寺の裏手を抜け、江戸城外濠《そとぼり》の虎之御門《とらのごもん》のほうへ向かっている。いわば府内の脇街道だ。その二股が札ノ辻である。幕府が布告や法令を掲げる高札場《こうさつば》がそこにある。

「辻屋なあ」

「はい。辻屋さんが？」

歩を進めながら寅治郎が言ったのへ、舞は期待を持ったように返した。尋常ではない他人の奥向きを覗《のぞ》く。しかも舞にとっては、献残屋が背景にあれば見えぬものまで見えてくるし、そこへ寅治郎がついておれば、なにかあっても恐いものなしである。

「この前も秋刀魚をもらったとき、帰りに辻屋へ寄って料《りょう》ってもらったのだ。十日ほど前だったが、甘味の濃い大根おろしを添えてくれてな。それがまた苦味の出る焼き加減にうまく合っておってのう」

「なあんだ、そんなこと。あたしにもできますよ」

舞は寅治郎に反発するように返したが、

「いや、あの絶妙さなあ。焼き手とおろし手の呼吸がピタリと合っておらねば出せるものではない」

「旦那、なにが言いたいんですか？　あそこのおかみさんとお嫁さんがいがみ合っているのは、おもて向きの偽装だとでも？」

「そう、それだよ。舞」

「えっ。でも、どうして？」

当てずっぽうに言った舞は、思わぬ反応に横ならびのまま寅治郎の顔を見上げた。寅治郎は前方を見つめたままである。

「ヘイッホ、ヘイッホ」

辻駕籠が土ぼこりを上げながら勢いよく二人を追い越し、前方から来る空の荷馬三頭の列とすれ違った。手綱《たづな》を取る馬子たちも急ぎ足になっている。もしこのとき、「ちょっと寄ってみようか」といずれかが口にし脇道にそれていたなら、辻屋がきょういつもより早仕舞いしていたのを知ることになったであろう。

だが二人の足はもう田町の町筋を過ぎ、芝の街並みに入っていた。脇道にそれた。大和屋への近道である。人通りは街道と異なって急に少なくなり、顔ぶれも町内の住人ばかりとなる。大和屋の軒が見える道筋に入った。

「あたし先に」

舞が先触れのように玄関のほうへ下駄の音を響かせた。小さな木札が夕陽を浴び、軽い風にクルクルとまわっている。腰高障子を威勢よく引き開け、

「お姐さーん」

奥に声を入れ、

「わっ」

一歩跳び下がった。三和土に甲懸《こうがけ》が脱ぎ捨ててある。木の高い枠組みの上でも自在に歩ける紐《ひも》つきの足袋《たび》で、大工や鳶《とび》の履物《はきもの》だ。

「兄さん、来てたの!」

また廊下へ声をながし、

「早く上がってらっしゃい」

「おう、留吉も来ていたか。手先が器用なだけじゃなく、鼻も利くのだなあ」

奥からの志江の声に、寅治郎の声が重なった。敷居をまたいだところだ。

「これはこれは、日向さまも」

声を聞き、箕之助が店場に出てきた。浪人といえど、武士を奥の居間に座ったまま迎えるわけにはいかない。だが、座につけばそうした儀礼じみたものなど霧散する。留吉も箕之助も寅治郎も、卓袱台を囲んで胡坐《あぐら》を組むかたちになった。

「うぉーっ、こいつはたまんねえ」

舞が開けた油紙の包みに、さっそく声を上げたのは留吉である。

「まあまあ」

と、志江もさっそく七厘《しちりん》に炭火を移して小さな裏庭に持ち出し、団扇《うちわ》で煽ぎはじめた。煙モウモウに脂ジュウジュウである。それも七匹だ。酒もすこしならある。買い付けた贈答用の角樽《つのだる》が中身の入ったままだったのだ。きちりと嵌《は》め込まれた蓋《ふた》を傷つけずに開けるのは、留吉の得意技である。祝い事の注文があれば、また新しい酒を詰める。舞が庭で七厘を煽ぎ、志江が台所で燗《かん》をはじめた。

外は陽が落ちたようだ。屋内は急速に暗さが増す。箕之助が行灯《あんどん》に火を入れた。座は賑《にぎ》わった。行灯の明かりの元で、上質の酒が注がれた湯呑みが行き交い、九寸五分の形がつぎつぎと箸で崩される。外の闇がますます深まるなかに、

「病は気からといいますからねえ、治平さんの中風もやはり……」

「娘だと思っていたのが嫁だったとは」

この場の全員が、辻屋についてそれぞれ持ち寄った噂を共有するところとなった。

だが、

「ちょっと待ってくれ。嫁だか娘だかそんなのは知らねえ。ただよ、おナカさんとイヨさんが仲違《なかたが》いだなんて、俺は信じられねえ。二人が別々にここへ来て、一方が注文したのを

一方が取り消すなんざ、向こうさんに単なる手違いでもあっただけじゃござんせんので。あっしゃそう思いますぜ」

留吉は湯呑みを持ったまま異議を唱えた。酒がこぼれそうになった。

「いえ、確かに姑と嫁の諍いを感じましたよ。あゝ、あたしももう一杯」

志江は反駁《はんばく》し、湯呑みを口に運んだ。留吉はなおもつづけた。

「半年前《めえ》だ。蕎麦屋普請に入《へえ》ったときには、治平さんもまだ元気で、三人そろって蕎麦打ち台をもうすこし右へとか、盆の出し入れ口はもっと大きくなどと、それぞれが相談しあいながら意見を出していましたぜ。あっしゃあ、さすがに家族でやっている店だと思ったもんでさあ。ひと月前もそうだ。おナカさんとイヨさんがその場で話し合いながら、いろいろとあっしに注文をつけてきやがるんでさあ」

大工の留吉が、こんどはどこそこでと持ってくる新築や建増しの情報は、献残屋の箕之助にとって挨拶にまわるのへ大きな便宜をもたらしている。留吉もそれが嬉しく、自分が入らない普請場の話も大和屋ではよく話題にした。半年前、箕之助が辻屋に顔を出したのも、留吉から新規開店の情報を得たからである。

留吉はさらに言う。

「あっしゃあ辻屋を、二人の言うとおりにつくり変えやしたぜ。烏口《からすぐち》を引きながら思ったもんでさあ。親子って、見せつけやがるじゃねえかって」

すこし声を詰まらせかけたのへ、

「兄さん！」

舞がたしなめるように口を挟んだ。二人は親のいない、兄妹だけの家族なのだ。

「なら、きのうのきょう、あのお二方《ふたかた》が別々に来たのは」

言われれば志江は首をかしげざるを得ない。そこにながれる共通の思いは、

「うーむ、どうも分からん」

と、寅治郎が腕を組み、

「やはり、なにやら蠢《うごめ》いているのでは」

志江の言った言葉に集約されていた。

「そう、そこなのよ。お姐さん」

舞が期待を込めた顔を志江に向けた。

「なんです舞ちゃん、その顔は。まるでなにか起こって欲しいような」

「そうじゃないけど」

志江がたしなめるように言ったのへ、逆に舞はますます関心を深めたようだ。

「小口といえど、うちのお得意さんになってくれるかもしれない。何事もなければいいのだが」

聞き役にまわっていた箕之助が口を入れ、

「それにしても奇妙だ」

ポツリとつぎ足した。

おなじ時刻であろうか、あるいはもうすこし時を経たころかもしれない。街道筋に芝の街並みを過ぎ、さらに進んだ金杉橋のたもとから川原に下りる男と女の影があった。古川である。金杉橋から二丁(およそ二百米《メートル》)ほども下れば、水の流れはもう江戸湾に注ぎこみ、満潮のときには橋のあたりにも潮の香がただよってくる。遠島の者を乗せた流人船《るにんぶね》がここから出ることもあり、川原はけっこう広い。夏場なら動くものが絶えた街道とは逆に夕涼みの人影が随所に見られ、蕎麦や白玉を売る屋台が提燈《ちょうちん》を点けていたりもする。いまはすでに秋であり、それらの姿はない。だが、まだ寒くはないのだからあっても不思議はない。しかも男と女だ。あるほうがむしろほほえましい。

「おい。どこまで行くんだ」

「ゆっくり話すには、明かりのあるところより、こっちのほうがいいと思ってね」

女のほうが先に立っている。

「ほう、明かりは無粋だって言いたいのかい。久しぶりに会ったが、おめえも気が利く女になったもんだぜ。いってえ、なにがどう変わったんだ。色っぽくもなりやがって、俺をこんなところにいざなってくれるとはよう」

「黙ってお歩きよ。下をよく見て、石ころにつまずくんじゃないよ」

川原を用心深く歩む二人の足は、上流に向かっていた。ゴロ石の川原はしだいに草地へと変わっていく。川の対岸は増上寺である。

「おめえ、提燈を持っているくせして点《つ》けねえのかい。暗くってなにも見えねえぜ」

「フフフ。秋の夜にせっかくこんなとこへ来て明かりなど、旦那も野暮なことを言いなさるんですねえ。暗くてなにも見えないからいいんじゃありませんか」

「ほっ、そうかい。いい心がけだ。おめえがそうくるのなら、もっと早く俺の前に現われりゃよかったものを。おめえの行く末、悪くしねえように考えてやってもいいぜ」

「そうですかねえ、旦那」

女は草履《ぞうり》で足元をさぐりながら歩を進める。受ける感触から石コロは消え、草地ばかりとなった。金杉橋からかなり離れたようだ。闇に聞こえるのは古川の流ればかりで、音の具合から水際にかなり近いようだ。男はその雰囲気に浸《ひた》っているのか、女に合わせて声を殺している。

「おい、そろそろこの辺でいいんじゃねえのかい」

「そうですねえ」

女は立ちどまった。

「おっ」

男も立ちどまり、振り返った。いま通った背後に、人の気配が立ったのだ。

「旦那」

そこからも女の声だった。

「なんだ、女か。びっくりさせやがる」

旦那と呼ばれた男に、不意に現れたのが女とあっては警戒の色は即座に消えた。むしろ前と後を女にはさまれ、さきほどからの表情をいっそうにやけさせたかもしれない。その瞬間であった。

「うっ」

男は驚きの声よりも呻《うめ》きを洩らし、すぐまた、

「グッ」

苦しそうに発し、

「て、てめえらっ」

声を絞り出した。

四

「お姐さん、お早う。これ、きのうはありがとう」

まだ市中に陽は射していないが、海上ではもう昇りはじめているだろう。昨夜すっかり遅くなってからの帰り、三人は大和屋で提燈を借り、それを舞が返しに立ち寄ったのだ。ふところには秋刀魚を包んでいた油紙が入っている。

このあと市中にも陽が射しはじめたころ、寅治郎が鉄扇をふところに悠然とおなじ道筋をたどって田町の街道筋へ向かうことであろう。箕之助もきょうまわるところはすでに算段を立てている。札ノ辻から東海道と分岐した往還を北へ進み、古川の赤羽橋に至るまでの一帯をまわる予定である。なにぶん脇街道だから、日本橋へ向かう東海道ほどの人通りも荷駄の行き来もないが、道筋には商家がならび、左右とも奥に入れば武家地であり、一帯をこまめにまわっているとかなり大口の商いに出会うことがある。

留吉も普請場に出かけた。札ノ辻から赤羽橋に至るなかほどで、西手の三田二丁目の町家を奥に入った大名家の中屋敷である。現場が大名屋敷の白壁の中とあっては、町家での普請場のように通りすがりに「やあ」と声をかけるわけにはいかない。箕之助は裏手にまわって勝手口から普請場に用事をつくって入り、留吉の棟梁を通して屋敷の用人に面識を得るつもりでいる。

舞は相変わらず田町八丁目の茶店でおもての縁台と裏手の竈《かまど》を出たり入ったりし、寅治郎はいずれかの縁台に腰かけ、凝っと街道を行く者たちを見つめている。まるで一人ひとりの面体検《あらた》めでもしているかのようだ。茶汲み女の一人が、

「――鉄扇の旦那。そんなに往来の人ばかり見つめていて、飽きないのですか」

一度訊《き》いたことがある。寅治郎は応えた。

「――人の顔にはのう、いずれもそれぞれの歩んできた人生が刻み込まれておるで。それを想像するのがことさら面白うてのう」

女たちは妙に納得し、茶店のあるじたちも、

「――さすがは鉄扇の旦那。考えることがわしらとは違っていなさる」

などと感心したものである。

その田町七、八丁目界隈に金杉橋の噂が伝わってきたのは、午《ひる》もかなり過ぎた時分だった。

「どこの誰だか知らねえが、古川の川原に男の死体がころがっていたってよ。金杉橋の近くらしい」

七丁目の茶店に腰を休めた駕籠舁きが湯呑みを手に話したのだ。近いとは言えないが、田町と金杉橋は道一筋である。

「犯人は捕まったの」

「そんなの知らねえ。ともかくあのあたり、お役人が出張《でば》ってよ、あちこちに聞き込みを入れてなさる。俺たちも訊かれたよ。通りかかっただけなのによ」

近辺の茶汲み女たちが集まってきた。

「なんて？」

「きのうの夜、金杉橋あたりで怪しい奴を乗せなかったかってよ」

「乗せたの？」

「そんなの乗せたときに分かるわけねえじゃねえか」

駕籠舁きは交互に言う。

「じゃあ、犯行はきのうの夜なのね」

女たちの背後から首を伸ばして言ったのは舞だった。店番をとなりの同輩に頼み、わざわざ八丁目から出張《でば》ってきたのだ。

「あゝ、血の固まり具合からもきのうの夜らしいぜ。きょう流れた血じゃねえって、もっぱらの噂さ」

駕籠舁きの話に、

(だったらきのう、あたしたちが大和屋さんでワイワイ話していたころ)

舞の脳裡をよぎった。

「さあさあ、おまえたち。いつまで油売ってるんだ」

その茶店のあるじが出てきた。

「古川の川原ねえ。こっちにも海岸がいっぱいあるし、恐いねえ」

「そう、犯人は男かしら女かしら」

言いながら女たちは散った。

「どうだった。どこかで誰か転んでけがでもしたのか」

寅治郎が舞の茶店の縁台に座っていた。

「殺し。殺しですよう、旦那。それもきのうの夜、金杉橋の川原で」

「ほう、昨夜か。俺たちが秋刀魚で一杯やってるときだ」

おなじ道筋でも自分が用心棒をしている田町からは離れているせいか、さしたる興味は示さなかった。

「えっ、殺し。で、殺されたのは」

舞の店番をしていた女が問う。

「男だって。犯人も殺しの事情も分からない。駕籠舁きさんの話、なんだか要領を得なくって。あゝ、じれったい」

「殺しなんて恐いけど、こっちには鉄扇の旦那がいなさるから安心さ」

「そうね」

舞もとなりの女も仕事に戻った。寅治郎はとなりの女の言葉に軽く頷いたものの、相変わらず視線は往還に向けたままであった。

やはり街道筋である。駕籠舁きだけでなく、馬子もちょいと茶店に腰を下ろせば大八車の人足も茶をすする。金杉橋の方面から来た者は、得意になって茶店の女たちに殺しの話をしていた。徐々に内容が分かってくる。けさのまだ早い時分、虫取りに川原に下りた近所の子供が死体を見つけ、それから騒ぎになったらしい。

往還を行く人の影も長くなり、そろそろ沿道の茶店が火を落とそうかという時分に入っていた。話したのは古着の行商だった。一軒一軒まわるので、まるで岡っ引の聞き込みのように噂を耳にしていたのだ。舞もその内容には、

「えっ」

と、目を丸くした。

「なんでも殺《や》ったのは女で、それも二、三人が囲んでメッタ刺しにしたらしい」

聞きつけた茶汲み女の何人かがその縁台を取り巻いた。八丁目の茶店でもあり、当然舞もその中にいたのだ。

「ねえ、ねえ。なんで女だと分かったんですか」

「見ていた人でもいたんですか」

女たちの質問が飛ぶ。

「そこよ」

行商の男は得意になって言う。

「刀で斬ったのでも短刀で刺したのでもない。細い、そう、柳刃《やなぎば》のようなもので、腹や背中をメッタ刺しだったらしい。前からも後ろからもと、とうてい一人でできる所業じゃな

かったそうな。それに」

「それに？」

仲間の背をかき分けたのは舞だった。

「死体はそのままだ。力があれば、証拠が残らないように川へ流すはずだ」

「そうよねえ。川原なんだから」

別の女が相槌を入れる。

「つまり、女ってわけさ。死体を蹴るのも恐かったろうし、それに着物に血も付く。だからそのまま逃げ去ったんじゃないのかって。疵《きず》から見て相当苦しんで死んだようだから、恨みによる犯行だろうと地元の岡っ引は言ってるらしいよ」

「らしいって。行商さん、直接聞いたのでは？」

「おなじことさ。金杉橋の近辺で聞いたのだから。そうそう、岡っ引が一軒一軒まわって、それらしい女がいないか聞き込みを入れてるって。とくにあんたらとおなじような女には念入りに」

「なによ。あたしらとおんなじようなって」

「そうよ。変な言いがかりはつけないでくださいよ」

女たちの攻勢に、さっきまで得意気だった行商はたじたじの態になった。おなじ街道筋でも金杉橋の向こうはすぐ増上寺の門前町がひかえている。怪しげな店もあれば客が朝方帰るような上がり茶屋もある。田町界隈の茶店とは質が違うのだ。

だが、興味はある。

「で、それらしい女って、見つかったの？」

すぐに質問が飛ぶ。

「だから、土地の岡っ引が嗅ぎまわってるって。しらみつぶしに」

話はそこまでであった。女たちは顔を見合わせた。気分のいいものではない。場所が金杉橋だったからよかったが、これがもし田町界隈の一角だったなら、沿道の女たちが軒並み疑いの目を向けられ、きのうの夜の所在を洗われるのだ。

「ははは、おまえは大丈夫だ。きのうの所在ははっきりしているのだからなあ。殺したい相手もいなかろうし」

「冗談はよしてくださいよ」

舞から聞いた寅治郎は笑いながら言い、反駁《はんばく》を受けていた。舞は容《かたち》のいい鼻を膨らませたものの、いそいそと帰り支度をはじめた。めったにないこの噂を、一刻も早く志江に話したいのだ。

「俺か。二日もつづけてではのう。きょうは久しぶりに辻屋に寄って、あとは湯にでも行って、まっすぐ帰るさ」

誘った舞に返し、寅治郎は縁台の場を変えた。

「旦那ア。あたしたちが仕舞うの、ちゃんと見届けてくださいましねえ。この街道筋の向こうで人殺しがあったなんて、もう恐ろしくって」

まるですぐ近くで殺しがあったような恐怖を感じている女もいた。

舞は寅治郎が立ち寄ると言った辻屋のある札ノ辻に軽やかな下駄の音を立て、いつもの帰り道を急いだ。

「ねえねえ、お姐さん！　聞いた？」

と、大和屋の敷居を跳び越えるなり大きな声を廊下の奥へ入れることだろう。

秋の夕陽が落ちかけている。寅治郎は札ノ辻の裏手に入る脇道にそれた。辻屋が暖簾を出している往還である。

「また蕎麦屋に戻ってくれるかのう」

独りごち、月代《さかやき》を伸ばした百日髷《ひゃくにちまげ》の頭で暖簾を分け、腰高障子を開けた。留吉に似た半纏《はんてん》姿の職人が三人ほど、仕事帰りか賑やかに大盛りの飯に焼き魚をつついていた。先客はもう一人、近所のお店者《たなもの》か、小皿と飯の椀を前に箸を取ったところだ。

「あら、旦那。きょうはなににしましょう」

店でのお運びは若いほうのイヨだった。

「飯と焼き豆腐、それに味噌汁には具をたっぷり入れてな」

言いながら寅治郎は空いている飯台に席を取った。

「焼き豆腐に味噌汁、具はたっぷりです。飯は多めに。日向の旦那ですから」

板場に声を入れた。伝えるべきことは的確に伝えている。だが、険《けん》を含んだ言いようだった。返事がない。中にいるのはおナカのはずだ。

「聞こえてるんですか」

「聞こえてますよ。二度も言わなくても」

返ってきた。やはり険を感じる。しかも仲の悪さが以前よりも深まり、まるでこれ見よがしになっている。聞きとがめたのか三人連れの一人が、

「ようよう、おナカさんもイヨさんも仲良くできねえのかい。あんたらがそんなんじゃ、せっかく安くて旨いのを出してくれたってまずくなっちまうぜ」

名前を言っているところから、職人たちは常連のようだ。他の二人も頷いている。

「そうだよ、イヨさん」

飯を食べかけたお店者風も、遠慮気味に言って名を呼んだ。やはり常連のようだ。

寅治郎の飯台にも小皿と椀が運ばれてきた。口に入れると、味噌汁ともども、

「旨《うま》い」

のである。

（いがみ合いながらこの味が？）

あらためて疑問に思い、板場のほうをのぞきこんだ。思わず声を投げた。

「おっ、あるじ。仕事ができるようになったのか」

治平が出てきていたのだ。包丁は握っていないまでも、箱のようなものに腰かけ皿洗いを手伝っている。

「あゝ、気分のよくなることがありましてなあ。さっきから、お声で日向の旦那と分かっていましたじゃ」

治平は座ったまま店のほうへ顔を向けた。

「ほう。気分のよくなることのう」

治平の中風は精神的なものが原因らしいとは、すでに舞から聞いている。

「ならばその機嫌で病《やまい》を吹き飛ばし、蕎麦を始めてくれる日は近いかのう」

「はい、日向さま。あっしも職人でございますよ。旦那のような蕎麦の分かるお方に喰っていただきたいもので。だからこうして」

鍛錬するように水桶の中で手を動かした。

「おまえさん！」

おナカが亭主のしゃべりすぎるのをたしなめるように口を入れた。すかさず、

「そうだよ」

イヨがつないだ。

（ん？）

寅治郎の胸中に響くものがあった。このとき、二人の呼吸はピタリと、

（合っていた）

これがおナカとイヨの本当の姿ではないのか……。それに、「そうだよ」などとは舅《しゅうと》や姑《しゅうとめ》に嫁が言う言葉ではない。言うなら「そうですよ」のはずである。やはりこの二人は留吉の見たように、

（実の親子ではないのか）

思いながら、

「ともかく、その日が待ち遠しいのう」

箸を動かした。治平はおナカとイヨに言われたように、あとは口をつぐんだ。

寅治郎が箸を置いたとき、となりの飯台のお店者風が、

「ごちそうさん。また来るよ」

腰高障子を開け、店を出たところだった。寅治郎はそれを追うかたちになった。店の中は薄暗くなりかけていたが、外はまだ明かりが残っている。

（なんだろう）

と、寅治郎が思ったのは、往還の前方でさきほどのお店者が目にとまったからだった。遊び人風の男二人に行く手をさえぎられていたのだ。店の前から街道に出る道筋である。

（からまれているのか）

感じたがそのような雰囲気でもない。おなじ町内の顔見知りでもなさそうだし、実直そうなお店者と遊び人風が往還で立ち話とは奇妙な取り合わせである。その取り合わせはすぐに解かれた。

「あぁ、これ」

遊び人風が離れてからお店者に声をかけた。

「あ、さきほど辻屋でご一緒だった」

「さよう。店を出るとそなたが目についてのう。なにやら与太者にからまれておるのかと思ったが、何事もなかったか」

「それは、ありがとうございます。ただ、辻屋さんのことを訊かれまして」

と、お店者は首をかしげた。遊び人風二人は辻屋を知っているのか、治平やおナカとイヨの名を出し、ほかにイヨの新しい亭主とか板前や丁稚など、おなじ屋根の下で一緒に住んでいる者はいないかなどと訊かれたらしい。お店者は、

「三人だけですと答えたのですが」

と、うしろめたそうな表情になった。言わなくてもいいことを言ってしまったという思いがあるようだ。なにしろ相手は、帯はきつく締めていても着物の前をはだけて晒《さらし》の腹巻を見せ、縞《しま》の羽織を粋がって肩へ担ぐように引っかけていたような男二人だったのだ。

「ふむ」

寅治郎はお店者の感じたうしろめたさに同感の頷きを示し、

「手間を取らせた」

その場を離れた。男二人が街道に出て芝のほうへ向かったのは確認している。寅治郎の帰るのとおなじ方向である。歩を速めた。薄暗くなりかけていたが、すぐに遊び人風たちの姿を視界に捉《とら》えた。肩を揺すり、ぶらりぶらりと歩いている。寅治郎は五、六間《けん》（およそ十米《メートル》）ほどの間隔をとり、歩調を合わせた。

（こうなってしまったか）

自分で自分の姿に気づき、

「ふふふ」

自嘲ぎみに嗤《わら》った。いま、二人の男を尾《つ》けている。嗤った一方において、脳裡に知らず展開するものも感じていた。さきほどのおナカとイヨの険悪なやりとりと治平の笑顔は、どう見ても合わない。もし、おナカとイヨの諍いが偽装だとすれば、二人が別々に姿を見せた大和屋は、それをわざわざ外へ印象づけるために利用されたことになる。

（いったい、何故《なにゆえ》）

そこへ、いま眼前を歩いている遊び人どもの出現である。放っておけば、

（なにやらのっぴきならぬ事態に……）

思えてくるのである。

まだ提燈を手にしている往来人はいないが、あたりはすでに薄暗い。旅装束の者は大股に急ぎ、土地の者らしい往来人も急ぎ足で荷馬も大八車も動きを速めている。いずれもが夕立に出会わしたような忙《せわ》しなさを感じさせる。日暮れが近づいたときの、いつもの街道の風景である。尾行する者される者の足はすでに芝の街並みを過ぎ、金杉橋に近づこうとしていた。寅治郎は徐々に薄暗さの増すなかに、

(俺の縄張は田町の先のほうだが、四丁目の人に気を配ってやるのもご愛嬌か)

自分で自分を納得させていた。


舞は勇んで大和屋の敷居をまたいだ。

「わっ、またぁ」

声を入れる前に、きのうとおなじ光景になった。留吉が来ていたのだ。

「てやんでえ。箕之助旦那に大事《でえじ》な用があって来たんでえ」

悪態をつこうとした舞に留吉は先手を打った。

「そのとおりなんだよ、舞ちゃん」

箕之助も言い、志江も横で頷いていた。

箕之助はきょうの昼間、三田二丁目の大名屋敷に留吉の棟梁を訪ねていた。肥前島原藩《ひぜんしまばら》

松平家の中屋敷である。予定どおり棟梁を通して屋敷の用人に「御用がありました節には」と引き合わせてもらっていた。もちろん挨拶の品は忘れない。扇子である。そのときはそれで終わった。きょうの普請を終え、留吉たちが帰り支度をはじめたときだった。棟梁が用人に呼ばれた。用人は「昼間来た献残屋だが、なかなかいい京扇子を持ってきた。気に入ったぞ」などと言い、「ちょうどよく献残屋に至急の用ができた。明日、できるだけ早く来るように伝えおけ」との言葉を受けたのだ。棟梁に言われ、それを留吉が箕之助へ伝えに来たのである。

「えぇ！　どんな扇子を持っていったんですかぁ」

と、これには舞も驚いていた。箕之助にすれば、屋敷の増築落成はおよそひと月後と留吉から聞いていたから、そのときに持ちこまれた祝いの品を買取るための布石のつもりだったのだ。それがさっそくその日のうちにお呼びがかかるなど滅多にあることではない。留吉はまるで自分が口を利いたように得意になっていた。自然、舞の持ちこんだ金杉橋の一件はあとまわしになったが、志江はもちろん大名屋敷の中にいた留吉も脇街道筋をまわっていた箕之助も初耳だった。この点は舞も得意気になった。芝は田町よりも金杉橋に近い。柳刃のようなものでブスブス刺したという話に、一同は顔を見合わせた。

寅治郎はいま、その現場近くに歩を進めている。脳裡に、

（辻屋も複数の女と言えるのう）

チラと走らせ、その辻屋のようすを探っていた男二人との間合いを若干《じゃっかん》詰めた。暗さが増し、往来には提燈が出はじめていた。

五

「あらぁ、日向さまもご一緒で。きょうは早いんですねえ」

志江は竹箒を持った手をとめた。寅治郎が舞とおなじ時刻に長屋を出るなど、めったにないことである。

「ちょいとこちらの亭主どのに用があってのう。出かけぬ間にと思い、早めに来たのだ」

寅治郎はけさがた、留吉から箕之助はきょう早めに出かけると聞いたのだ。

昨夜、寅治郎が芝一丁目の裏店に帰ってきたのは、すっかり深夜といえる時分であった。足は金杉橋を越え、増上寺門前町の雑多な一角に入っていた。そのなかに胡乱《うろん》な男二人は消えたのだ。まともな稼業でないことが、住んでいる場所からも窺《うかが》える。

人影の絶えた街道を戻りながら、

（箕之助の耳にも）

入れようと思ったのだ。目に見えぬが、おナカとイヨが大和屋へ別々に顔を出したのと、

（どこかで繫《つな》がり、なにやらが蠢《うごめ》いている）

そう感じられるのだ。

舞はそのまま田町八丁目に向かった。海浜では朝日が昇りはじめていようか。寅治郎は板の間に腰を下ろし、箕之助と志江は膝を折っている。

「とまあそういうことでのう。このことは留吉と舞にはまだ話しておらんから、そのつもりで」

寅治郎が言ったとき志江は頷き、真剣な表情でかたわらの箕之助に視線を投げた。箕之助は、

「ならば、おとといの殺しとなにか関連が」

言ったものの、いま念頭にあるのはさっそく声のかかった島原藩松平家の中屋敷でどのような献残物の用命を賜《たまわ》るのか、そのほうである。だが、留吉と舞にまだ話していないというのには箕之助も得心した。二人が聞けば、どう先走りし、街道にどんな噂がながれるか知れたものではないのだ。

太陽はもう昇っていた。寅治郎はぶらりぶらりと歩を田町の方向にとり、箕之助は角帯に前掛をキチリと締め、島原藩中屋敷への近道に入った。留吉は甲懸ですでにその道筋を通ったことであろう。屋敷のある三田二丁目なら札ノ辻を迂回しなくとも、芝の街道筋から町家の枝道に入り、その裏手の武家地を抜ければすぐなのだ。

箕之助が裏手の勝手口に訪《おとな》いを入れると、先方は待っていたのかすぐに中庭のほうへ通された。

庭先に畏《かしこ》まる箕之助に、用人は直接言った。

「至急、太刀《たち》を贈らねばならなくなってのう。きょうの午後には持っていく。間に合うか」

利ざやのいい品である。

「よろしゅうございます。午前中に、きっとお気に召しますものをお持ち致しまする」

箕之助は請け負った。上がり太刀である。武家では男子の元服祝いなどには太刀を贈る場合が多い。だが、受けるほうでは太刀などあちこちから持ちこまれたのでは処置に困る。そこは贈る側も心得たもので、漆塗りに真鍮《しんちゅう》の柄頭《つかがしら》、銅金《どうがね》や鐺《こじり》の飾りをつけた木刀に相応の金子を添える。それを〝上がり太刀〟といった。贈答以外には無用の長物である。贈る側は献残屋からそれを調達し、贈られた上がり太刀をまた献残屋に払い下げる。献残屋は他家に需要があればまたまわすのである。

「九百石の旗本の嫡子でのう、代々大目付《おおめつけ》に繋がっている家系じゃ」

それだけ聞けば、献残屋なら大名家から大名家への上がり太刀にもいくつもの格があるのだ。大名家から大名家への上がり太刀なら、それだけでも芸術品になる。だが六万六千石の大名家から九百石の旗本に献上品とは具合が悪い。そこで上屋敷ではなく、一段格の下がる中屋敷の用人の名義で贈ることになったのだ。それを中屋敷の用人はきのう、上屋敷の用人から急遽命じられたようだ。

箕之助は留吉の棟梁に礼を言い、勇んでおもてに出た。だが、町家に夫婦二人で商う小振りな献残屋に、中屋敷の用人名義とはいえ大名家が扱うような上がり太刀などあろうはずがない。

箕之助の足は、札ノ辻からの脇街道を北へ進んでいる。算段はあるのだ。脇街道の先は古川上流の赤羽橋である。そこを渡ってすぐ、増上寺の境内《けいだい》裏手の林と背中合わせに蓬萊《ほうらい》屋《や》が暖簾を出している。増上寺の裏手一帯は武家地で昼間でも人通りが少なく、かえって大振りの献残屋の立地としては恵まれている。人知れず武家屋敷やお寺から大口の注文が舞いこみ、買取りにも人目につかないのが至便なのだ。

芝三丁目に大和屋の木札を掲げるまで、箕之助はその蓬萊屋の番頭だった。自分の店を立ち上げたのは今年元禄十四年の元旦でまだ一年に満たない。だからなおさら営業には力を入れ、武家地だろうが商家だろうがこまめにまわっているのである。

身に余る注文を受けても蓬萊屋に行けば間に合い、急場にも対応できる。いわば蓬萊屋の倉《くら》は大和屋の倉でもあり、大和屋は蓬萊屋の営業拡大をうながす出先の砦《とりで》ともなっているのだ。

赤羽橋を渡った。下流の繁華な金杉橋とは違い、昼間でも人通りはほとんどない。

「あっ、番頭さん。じゃなかった、箕之助旦那」

橋を渡ったところで丁稚が気づいたのか、店の外へ飛び出てきた。蓬莱屋は増上寺の樹林群を背負ったようにたたずんでいる。夏場はそこから吹いてくる風が涼しかった。

丁稚につづいて手代の嘉吉《かきち》が、

「番頭、いや、大和屋の旦那」

と、走り出てきた。蓬莱屋ではまだ以前の呼び名がつい出てくるようだ。

「温次郎《あつじろう》さんはいなさるかね。ちょっと急な仕事なんだ」

「あらら、番頭さんはもうお出かけですが、大旦那さまならいらっしゃいます。それよりも、用があればこちらから伺いましたのに」

嘉吉は蓬莱屋の暖簾を背に箕之助を迎えた。箕之助が蓬莱屋にいたころ、嘉吉はまだ丁稚だった。嘉吉は箕之助付きの丁稚で、ただの悪たれ少年から一端《いっぱし》の商人らしく叩き上げたのは箕之助であった。箕之助が大和屋を立ち上げてから、下の者が一人ずつ昇格し、手代になったのだ。蓬莱屋のあるじ仁兵衛《にへえ》は常に言っていた。

『この商いはねえ、世間から無駄をなくするためにあるのです。熨斗紙《のしがみ》一枚、水引《みずひき》一本といえど、決しておろそかに扱ってはなりません。使えるものは、すり切れてなくなるまで使うのです。そのための献残屋なのです』

その観念が、蓬莱屋では丁稚のときから叩き込まれる。もちろん大和屋もそれに徹している。

「急に決まったことでねえ。きょう受けてきょう納めなきゃならない仕事なんだ」

「はあ、どんな品で。ともかく上へ。大旦那さまに箕之助旦那の来られたことを伝えてきます」

嘉吉は店の中へ駈けこんだ。蓬莱屋で店の者があるじの仁兵衛を〝大旦那さま〟と称《よ》ぶようになったのは、箕之助が大和屋の旦那に収まってからである。それまでは普通に〝旦那さま〟だった。新たな箕之助旦那と区別するためである。

仁兵衛は裏手の中庭に面した部屋で、茶を喫していた。その部屋を仁兵衛は好み、庭の奥が倉になり、その向こうが増上寺の鬱蒼《うっそう》とした樹林なのだ。

「どうしたね、箕《みの》や。嘉吉の話じゃ急な仕事らしいが」

部屋に膝を折った箕之助を笑顔で迎えたものの、小太りで温厚そうな丸顔ながら奥まった小さな双眸《め》に、ときおり鋭く光るものを走らせることがある。箕之助はいまそれを感じた。仁兵衛には商いの上で、もう一つ口ぐせがあった。

『献残屋の商いはねえ、どのようなお屋敷でも大店《おおだな》でも、奥向きに通じることが多い。そこにいかなる問題が潜んでいようと、相談には乗ってもみずから口を出すようなことをしてはなりませんよ』

仁兵衛が、身をもって体験してきた上での言葉である。

箕之助が芝三丁目に大和屋の木札を掲げて以来、不意に蓬莱屋を訪れるのは、品物の融通よりも、むしろこの言葉につい背《そむ》き、顧客の奥向きに立ち入ってしまった場合が多いのだ。それも人の生き死にがかかっている、のっぴきならぬ場合であった。そのときの視線を箕之助は感じたのか、

「滅相もありません」

顔の前で手のひらをヒラヒラと振り、

「嘉吉どんに告げましたとおり、正真正銘きょうは商いの相談でございます」

「ふむ」

仁兵衛の奥まった眼は、いつもの穏やかさに戻った。

箕之助は話した。

「ほう。あそこの松平さまといえば六万六千石ではないか」

仁兵衛は箕之助がそういうところへ喰い込んだことに満足の笑みを浮かべ、その場で嘉吉を呼んで上がり太刀の準備を命じ、

「で、その九百石のお旗本の屋敷は」

箕之助も食指《しょくし》を動かしたところである。だが、それが外濠四ツ谷御門内《そとぼりよっや》の番町《ばんちょう》とあってはいささか遠い。四ツ谷界隈にも献残屋はあろうし、そこにさまざまな元服祝いの品が集まることは分かっていても、これから買取りの布石を打つのは困難だ。

「そうか、四ツ谷御門内の番町か。遠いな」

と、これには仁兵衛も断念したようだ。これが増上寺向こうの愛宕下《あたごした》大名小路や虎之御門界隈なら、すぐさま箕之助か番頭の温次郎をともない、みずから顔つなぎに出かけるところであろう。日ごろから品の種類や数をそろえておくことも、献残屋にとっては大事な業務なのだ。

「ではさっそく」

箕之助が袱紗袋《ふくさぶくろ》に収めた上がり太刀を大事そうに両腕に抱えこみ、腰を上げようとしたときだった。一度部屋から退散した嘉吉がふたたび中庭に面した廊下に足音を立てた。おもてに奉行所の同心が来たというのである。

「ほう、きのうにつづいてきょうもか」

仁兵衛は呟《つぶや》き、怪訝《けげん》な顔をする箕之助に、

「ほれ。おとといの夜、金杉橋で殺しがあったろう。馴染《なじ》みの同心がそれの探索に当たっておってなあ。きのうもここへ来たのだ」

さらりと話した。箕之助はすぐ得心の表情になった。

蓬萊屋は八丁堀の組屋敷に面識のある役人は多い。町奉行所の与力や同心たちである。それらは職業柄、貰い物が多い。大名家などは藩士が江戸市中で不始末を起こした場合に備え、参勤交代のときなどを機会に奉行や与力はむろん、直接市中を見廻る同心たちにまで、個別に〝役中頼み〟と称して付け届けをする。他に商家などから届けられる品も少なくない。もちろん八丁堀や近くの日本橋界隈にも献残屋はある。だが、すぐ近くの献残屋を呼んで贈られた品を右から左へと換金するのは気が引ける。そこで離れた土地にポツンと立っている蓬莱屋の出番となるわけである。

だから蓬莱屋でも日ごろのつき合いから、頼まれれば犯罪の探索に協力することもあった。なにしろ外からは窺い知れない武家屋敷や大店《おおだな》の奥向きに通じやすいのだ。不自然な贈答の動きから、埋もれた犯罪が発覚することもある。献残屋が知らぬうちに犯罪のお先棒を担がされることもあり、悔しい思いをすることもあるのだ。

「旦那さま。松平さまにこれを納めたあと、またここへ戻ってきてもよろしゅうございましょうか」

「えっ、おまえ」

関心を示す箕之助に、仁兵衛は奥まった双眸《め》を光らせ、

「いいとも。あとで、またここでな」

応じ、内心頷《うなず》いていた。

箕之助には先任の番頭が一人いた。それが温次郎である。仁兵衛が温次郎をそのまま手元におき、後任の箕之助を暖簾分《ひと》けのかたちで外へ出したのには理由《わけ》があった。

（おなじ屋根の下に、二人も他人さまの奥向きに踏み入りやすいのがいたのでは、蓬莱屋

（さあて、それよりもまず島原藩六万六千石だ）

箕之助は急ぎ足になった。

六

「ほうほう、さすがよのう。大和屋とやら、これからも贔屓《ひいき》にしてつかわすぞ」

島原藩六万六千石の中屋敷で用人は、上がり太刀が思ったとおりの造りで急場にも間に合ったことに上機嫌だった。

「へへ、どうでえ。大和屋の旦那」

木で組んだ足場の上から、留吉が自分の手柄のように棟梁へ礼を言っていた箕之助に声をかけた。

「あゝ、留さん。きょうも帰りに寄っていきなよ」

「おっ、そうですかい」

応じた箕之助に、留吉も機嫌よさそうに返した。普請は奥座敷の増築である。床の間や凝った天井板の嵌め込みなど、留吉の見せ場は多い。

箕之助は来た道をとって返した。赤羽橋を渡ったのは、もう午《ひる》に近い時分だった。同心はすでに帰り、入れ替わりにかどうか分からないが温次郎が外まわりから戻ってきていた。すぐ近くに出ていたようだ。

「きょうはいい商いがあったそうだねえ」

板敷きの帳場格子の奥から声をかけてきた。

「はい。ほんとうに助かります」

箕之助は板敷きに膝を折った。

「それよりも、箕どん。おまえ、また妙な事件に関心を持ってるんだって？」

嘉吉あたりから、箕之助がまた店に戻ってくることを聞いていたのだろう。

「いえ。関心というよりも、あのあたりにはお得意さんもあるものですから」

三田や田町から街道筋の金杉橋までは、蓬莱屋から引き継いだ箕之助の商域としている範囲である。

「ほう、ならば関心もあろうかねえ。さっき奉行所の人が帰ったばかりだ。大旦那が待っていなさろうよ」

「はい。さっそく」

奥のほうを手で示す温次郎に箕之助は返し、廊下へ向かった。温次郎の言ったとおり、

「うむ。早々に戻ってきたか」

と、仁兵衛は箕之助を待っていた。

「おかげさまにて」

箕之助は島原藩中屋敷での報告を済ませるなり、

「で、さきほどのお役人は」

切り出した。仁兵衛は応じた。

「きのうは、八丁堀もまだ雲をつかむようなようすだったが、どうやら殺されたのは日本橋を北へ越えた室町《むろまち》あたりで、素金屋《すがねや》をやっていた男らしい」

高利貸しである。やはり探索に進展はあったようだ。

「殺《や》ったのは！」

箕之助は上体を前にかたむけた。

「やはり、箕之助。おまえ、なにか関わっていそうだなあ。ま、よかろう。それも仕事に結びつくことならな」

仁兵衛は奥まった双眸をあらためて箕之助に向け、

「増上寺門前の界隈で、室町の素金屋から金を借り四苦八苦している者はいないかというのが、きょうの八丁堀の聞き込みだった」

「ありますので？」

増上寺も含めその周辺一帯は、古くから蓬萊屋が商域としているところである。

「ない」

仁兵衛は端的に応え、

「少なくとも、日本橋向こうの素金屋などからはな」

つけ加えた。ということは、犯人は土地の者ではないということになる。それに、

「その素金屋というのはけっこう悪どいことをやっていたようで、けさ奉行所の者が残された配下の者に聞き込みを入れようと室町に行くと、数人いた男たちはまるで自分が殺ったように逃げ去り、素金屋はもぬけの殻《から》だったそうだ」

「内輪揉めでもありましたので？」

「奉行所の診立《みた》てはそうじゃないらしい。手口から犯人はやはり複数の女で、男どもが逃げ去ったのは、犯人が捕まれば逆に自分たちの悪事が露見しようからと、早々に行方をくらましたのだろうということらしい。そういう素金屋だったようだ。叩けば強請《ゆすり》など序の口で、殺しさえ出てきそうな」

「なかなか難しい事件になりそうですねえ」

「そういう感じだ。八丁堀じゃ、犯人が分かれば褒《ほ》めてやりたいくらいだなんて言っているそうな。悪人を始末したのだからね。で、おまえのほうはどう関わっているのだね」

「はい。まだ金杉橋の事件に関わっているかどうかは分かりませんが」

箕之助は前置きし、辻屋のおナカとイヨの訪れから始まり、寅治郎の尾行までの経過を話した。

「ははは。こんどは日向さまが先頭を走っていなさるのか」

仁兵衛は愉快そうに笑い出した。

日向寅治郎も留吉や舞も、仁兵衛はよく知っている。というよりも、箕之助がその三人と知り合ったのは、蓬莱屋の番頭時代に仁兵衛の了解を得て得意先の旗本屋敷を一つひねり潰《つぶ》したのが発端となっている。その旗本屋敷が舞に目をつけ、人間贈答品に仕立てようとしたのだ。すでに街道筋の用心棒であった寅治郎には、界隈の女を護るのも仕事の一つである。このとき仁兵衛は、寅治郎の腕の冴えや人柄を知ったのである。同時に旗本屋敷の内部から箕之助や寅治郎を手引きする腰元が一人いた。奉公する旗本の、女を品物として扱おうとするやり方に我慢がならなかったのだ。それが箕之助の女房となった志江である。その以降も、箕之助がついのっぴきならぬ事態へ踏み込むたびに助っ人を頼んでいたのが寅治郎であり、手足となって動いたのが留吉と舞の兄妹で、裏方から箕之助を支えるのが志江だったのだ。

「それで奉行所の探索はいまどこまで」

箕之助の関与したい気持ちはますます高まった。なにしろ奉行所の役人が褒めてやりたいと言っているほどの殺しなのだ。

「奉行所じゃ雲隠れした子分どもを找《さが》す一方、探索の手を橋の近辺よりも街道筋一帯に広げたらしい。同心たちは手持ちの岡っ引に総動員をかけたとか。北は日本橋から南は札ノ辻のあたりまでと言っておった」

「えっ」

箕之助が低く声を上げたのへ、仁兵衛はつづけた。その範囲に、もろに箕之助の商域は入っているのである。

「殺された素金屋もその子分どもも、生きていちゃ世のためにならぬ連中らしい」

仁兵衛の言葉に箕之助は無言で頷いた。

「そこでだ。おまえの言った辻屋も、日向さまが尾《つ》けなさった遊び人とやらも、儂《わし》は聞かなかったことにしようよ。それにしても因果だねえ。奉行所じゃ、害になる遊び人たちよりも、その頭《あたま》を殺《あや》めた人を捕まえねばならんのだからねえ」

仁兵衛は、いま聞いた情報を八丁堀にはながさないと言っているのだ。しかもできれば、犯人を救いたい……そうも思っているようだ。

「ならば旦那さま、これからも奉行所の動きがお耳に入れば」

「あゝ。嘉吉を遣《つか》いにやろうじゃないか」

「待っております」

箕之助は腰を上げた。

温次郎はまだ帳場格子の文机に向かっていた。

「松平さまの落成はいつごろかね」

「はあ、あとひと月ほどかと」

「ふむ。どのくらいの品が集まるかなあ。買取りに資金が足りなくなればまたおいでよ。大旦那さまに、どのくらい融通できるか訊いてみようじゃないか」

「はい。そのときはよろしゅう」

「わたしも荷運び、手伝いに行きますよ」

店場にいた嘉吉がつなぎ、

「奥での話、大丈夫ですか」

と、殺しの一件にも関心を示した。

「大丈夫だよ。遅れさえとらなければ」

温次郎はそれを松平屋敷での献残物買取りの話と解釈したようだ。

箕之助はふたたび赤羽橋を渡りながら、

(遅れさえとらなければ……か)

心中に呟いた。

渡ると、すぐ古川沿いの道に入った。流れに沿って十丁（およそ一粁《キロ》）ばかりか、往還は金杉橋までつづいている。芝三丁目へはすこし遠回りになるが、あえてその道順をたどった。往還は殺しのあった川原をかすめているのだ。

(なるほど、あそこか)

頷いた。川沿いの往還は片方が武家地で昼間でも人通りは少なく、日暮れに人影は絶え川原に降りればそれこそ提燈を点けていても人目につくことはないだろう。

横目でそこを見ながら、

(場所をあらかじめ選んでいたようだな)

視線を往還に戻した。金杉橋はすぐそこである。橋板に大八車や下駄の音がけたたましく響いてくる。


奉行所の探索範囲の拡大は、具体的な形で芝や田町にもあらわれていた。芝から田町にかけての一帯を縄張《なわばり》にしている岡っ引が、女所帯の家に聞き込みを入れはじめたのだ。辻屋などは治平がいるにはいるが、いまは男手に数えられないことは周囲も知るところである。しかも札ノ辻に越して来たのが半年前で前身は分からず、商いが身動きの容易な、悪く勘ぐれば逃げ足の速い飲食とあっては、岡っ引ならずともまっ先に目を向けるのは自然といえよう。果たして岡っ引が最初に声を入れたのは辻屋であった。犯行のあった日のおナカとイヨの所在確認だ。

「——えぇ！　あの日ですか？　あたしもイヨも家にいましたけど……それがなにか」

おナカが不機嫌そうに言えば、

「——そりゃあ行くところがあれば行きたいですよ。あの日もただ家で顔をつき合わせていましたから」

と、イヨもふてくされた顔をつくる。いがみ合いながらも二人の言は一致している。そこへ治平が弱々しく口を入れていた。

「――すいませんですねえ。二人ともずっと家におりましたのじゃが、あのとおり女房と嫁は仲が悪く、わしも困っておりますのじゃ。え？　二人が示し合わせてですと！　そんなに仲がよけりゃ、わしの中風などすぐ治ってしまいまさあね。いつもいがみ合ってばかりで、先日もそれで芝三丁目の献残屋さんに迷惑をかけしてしまいましてなあ」

岡っ引は念のため近辺に聞き込みを入れた。

「――あれじゃあ、せっかくの飯もまずくなりまさあ」

「――まったく病気の治平さんが可哀想ですよ」

と、二人の仲はことさらに悪い。

「御免なすって。御用の筋の者だが、献残屋で大和屋さんてえのはこちらですかい」

と、その岡っ引が大和屋の敷居をまたいだのは、その日の太陽が西へかたむきかけたころだった。箕之助は午後の挨拶まわりを終え、店に戻って文机に向かっていた。訪《おとな》いを入れてきたのが御用の筋とあっては、志江も何事かと奥から出てきた。

「お手前さんがた、札ノ辻の飯屋で辻屋ってのを知ってなさるか」

岡っ引は箕之助が帳場格子を出て座布団を出そうとするのを謝絶し、三和土に立ったまま問いを入れた。裏を取りに来たのだ。八丁堀が探索の範囲を広げての一斉聞き込みだから、誰が最初に手掛かりをつかむかとの競争意識にも駆られているのだろう。

「確かに先日、嫁のイヨさんが見えて……」

「その次の日でしたよ。姑のおナカさんがそれをお断りに……」

志江と箕之助は交互に言う。岡っ引はさらにそのときのようすを聞き、

「やっぱりそうですかい。噂だけじゃなく、嫁が注文したのを姑がわざわざ取り消しにねえ。そりゃあ尋常じゃござんせんや」

得心した表情をつくり、

「そんな二人じゃ、どうころんでもあんな息の合った殺しなどできっこなかろうよ」

「えっ、殺しって。それじゃこの前の古川の一件、おナカさんとイヨさんだとでも？」

箕之助はあきれたような口調をつくったが、内心では岡っ引の納得したような表情と言葉から、かえって二人への疑念を深めていた。

「いやいや、そう睨《にら》んだわけでも疑ったわけでもござんせん。ただ念のためで。あの二人じゃねえってことが分かりゃそれでいいんで。じゃましたな」

岡っ引は帰った。陽が落ちるまでに、まだ回らねばならぬところは多いのだろう。

「おまえさん」

志江は緊張した表情を箕之助に向けた。志江もやはり、疑念を深めたようである。

（息の合った殺しなどあり得ない、と周囲に思わせる芝居を打ちつづけていた）

箕之助と志江の目は、互いの思いを確認し合う色を帯びていた。仁兵衛が常に戒める、奥向きの相談に与《あずか》るどころか、逆にうまく使われたのである。探りを入れてきた岡っ引は近辺の噂や大和屋の話など、詳しく同心に報告することであろう。同心は頷き、納得するはずだ。おナカとイヨの、それに治平も一枚嚙んでいるであろう思惑は、見事な効果を収めたことになるのか。

だったら、その辻屋を探っていた遊び人風の二人とはなんなのか。殺されたのが素金屋なら、あの遊び人風どもはその、

（雲隠れした子分ども）

かもしれない。しかし、なぜ……。

「岡っ引より早く、辻屋に目をつけ」

「その家の内部を調べようと」

箕之助が呟くように言ったのへ、志江は響くように返した。二人の胸中はいま、利用されたのかもしれない後味の悪さなどない。むしろ、

（辻屋の三人が危ない）

その念が込み上げてきていた。同時に箕之助の耳朶《じだ》には、

「――遅れさえとらなければ」

温次郎の言った言葉が甦《よみがえ》ってきていた。救うことが、

（できるかもしれない）

箕之助は一人合点したように頷くと、三和土にやった目がもう草履《ぞうり》をさがしていた。志江の反応も速かった。

「おまえさん。辻屋さんへ？」

「あゝ、途中日向の旦那にも助っ人を頼んで」

「だったら留吉さんも。おナカさんとイヨさんの息の合っているのを知っている、ただ一人の人なのだから」

「そうだな」

箕之助はもう草履を履いていた。遊び人風二人は辻屋の中をすでに確認しているのだ。

七

志江が背後から掛けた羽織の紐を結び、箕之助は敷居をまたいだ。陽光はもう日の入りの近いことを感じさせている。

「あれ、箕之助旦那。これからお出かけですかい」

留吉が大和屋の見える往還の角を曲がったところだった。

「きょう寄っていけというから来たんですぜ」

言いながら近づいてくる。道具箱は普請場に置いているのであろう、半纏と股引に甲懸といった身軽な出で立ちだ。

「あら、よかった」

言ったのは玄関から顔を出した志江である。箕之助も、

「ちょうどいい。夕めしは札ノ辻でやろう」

「え、札ノ辻？」

「そう、辻屋さんです。つき合ってやってくださいな。日向さまも一緒ですから」

「えっ！　日向の旦那も？」

行く先が辻屋で寅治郎も一緒と聞き、留吉はなにかの動き出していることを悟った。

「さあ」

箕之助は半纏の背をグイと押した。大和屋の居間で上がり太刀がまた話題になり、再度胸を張りたくて来たのだが、

「辻屋ですかい」

留吉は新たな期待を含んだ口調で返した。

角からすぐ街道への道筋をとった。

「どういうことで」

問う留吉に箕之助は、

「遅れをとらぬためにさ」

言っただけで、あとはときおり周囲に視線を投げるのみであった。行き交う人の影がそろそろ慌しくなりはじめる時分である。そのなかに寅治郎の言った遊び人風の姿が、おなじ方向に進んでいないかと気を配っていたのだ。見当たらないようだ。

「日向の旦那は札ノ辻でつかまえよう」

箕之助が言ったのへ、

「えっ。あの旦那、まだご存知ないので？　これからなにが」

留吉は期待を膨らませる。箕之助はまたさりげなく背後に視線をながした。遊び人風の姿はなお見えないようだ。

大和屋では、

「お姐さん、いる？」

玄関から舞が声を入れていた。

「きょうも九寸五分、二匹なんだけど」

「あら、ちょうどよかった。きょうは二人で留守番しましょう」

志江が台所から返した。箕之助が玄関からすぐ街道への道筋をとったのは、いつも近道を帰ってくる舞と出会わないためでもあった。興味を持ち「あたしも一緒に」と言い出しかねない。事態はどう展開するか、志江にも箕之助にも分からないのである。

「えっ、留守番？」

舞は怪訝な顔になった。

「さあ、九寸五分。焼きましょう」

辻屋への心配を隠し、志江は返した。

陽は落ちようとしている。

「あっ、来やしたぜ」

留吉が声を上げた。高札場の脇である。台座が石で組まれている。動きの慌《あわただ》しくなったながれのなかを、寅治郎がふところ手で悠然と歩いてくる。待ったのはほんのわずかだったが、その間にも留吉がしきりと事の次第を訊こうとするのへ、

「――きょうはね、留さんが必要なんだよ」

箕之助は応え、留吉は妙に納得していた。

寅治郎も高札場の脇に箕之助と留吉が立っているのに気づき、

「おおう。二人そろって、どうした」

「へへ。なんだか知らねえが、旦那を待ってたんでさあ」

「俺を？」

寅治郎が留吉に問い返したのへ箕之助は頷きを見せ、高札場のさらに脇へ寄った。話しはじめた。慌しくなった街道の動きのなかに、お店者と職人、それに浪人の組み合わせに気をとめる者はいない。夕暮れ時に顔見知りが立ち話しているようにしか見えない。

「と、そういうことでして。むろんこれは、あくまで推測なんですが」

箕之助は早口に低声《こごえ》を這《は》わせ、〝推測〟を強調した。だが留吉は高揚し、

「えっ。おナカさんとイヨさんが金貸しを殺し、その子分どもが二人を狙ってる？　チクショー、だったら手斧《ちような》か槍鉋《やりがんな》でも持ってくるんでしたぜ」

「シッ」

箕之助から叱声《しつせい》をかぶせられた。

「ほう。それならすべて辻褄《つじつま》が合うわい。増上寺の門前ならここからも近いし、奴らが身を隠すにも不自由はなかろうしのう」

寅治郎は落ち着いた声を返し、

「あとは、あの者どもが辻屋になにをどう迫ろうとしているかだな。仇討ちなど考えるようなタマじゃなかろう。ともかく推測が当たっていたらだが、放っておいたならおナカもイヨも役人のお縄にかかるより悪いことになろう」

「わたしもそう思いまして」

「分かった。行こうか」

寅治郎は促されるまでもなく、ふたたび街道に歩み出した。すぐ先の角を曲がれば、辻屋の暖簾が見える。

「待ってくだせえ。岡崎さまの普請場は近くだ。ちょいと槍鉋でも持ってきまさあ」

「よせ」

寅治郎の低い声に、留吉はかえって重さを感じた。

三人は角を曲がった。

「ふむ」

寅治郎は足をとめた。来ていたのだ。遊び人風二人が腰高障子を引き開け、中に入ったところだった。一人があたりを見まわすように障子戸を閉めた。そのようすから、中に客がいないのを確かめたようだ。きょうは物見《ものみ》ではなく、本題を仕掛けるつもりで来たのが覘《うかが》える。推測は、

(適中している)

三人の胸中にながれた。

「やつらでござんすね、遊び人の二人てえのは」

留吉が呟くように言った。着物の前をはだけ縞の羽織を無造作に肩へかけているのなど、大工職人の留吉からはだらしなく見えるだけである。

「そうだ。行くぞ」

寅治郎はふたたび先頭に立った。箕之助と留吉はつづいた。

陽はもう沈んでおり、外に立った人影が腰高障子に映ることはない。中はまだ明かりを点けておらず、緊迫した空気のみが障子戸を越して伝わってくる。

二人連れが障子戸を開けたときである。

「——あっ」

中で声を上げたのはおナカだった。

「——あんたがたは！」

「——そうよ。久しいなあ、おナカさんよ。それに若後家のイヨさんもなあ」

イヨを見る二人の目が薄ら嗤いを浮かべているのが、障子戸の外からも感じ取れる。声はもう一人のほうに変わった。

「——治平の父《とっ》つぁんはどうしたい。中風とはいいザマじゃねえか。え、おい！」

「——あぁあ」

にぶい音にイヨの声が重なった。いずれかが抜き身の匕首《あいくち》を飯台に突き立てたようだ。

「——ううううっ」

治平の皺《しわ》枯《が》れた声だ。柱につかまり板場から顔をのぞかせたのだ。男の声がつづいた。

「——ほう、そこにいやがったかい。ちょうどいいや、聞きねえ。金杉橋のお礼におめえらの命をもらうのは簡単なことだ。それよりもよ、なあ」

口調に卑猥《ひわい》な響きがある。

「これだけ聞けば十分。入るぞ」

寅治郎は障子戸の桟《さん》に手をかけた。飯屋の前に男が三人いつまでも立っていては、夕刻とはいえ目立ちもしよう。戸を引いた。

「おっ。なんでえ！　おめえらっ」

振り返った声は遊び人風の片方だった。瞬時である。寅治郎の腰が沈むなりふところから走った鉄扇が振り返った男の喉を一撃し、男はその場に崩れ落ち、

「ううううっ」

喉を自分の手で締めつけるように押さえ、全身を痙攣《けいれん》させはじめた。おナカとイヨと治平は突然のことに言葉もない。箕之助はこの瞬間に悟った。

(旦那は本気だ。両名とも生きて帰れぬ)

最後に入った留吉は、とっさにうしろ手で障子戸を閉めた。

「雨戸もだ」

寅治郎はイヨに命じる口調をつくった。

「は、はい。日向さまっ」

弾《はじ》かれたようにイヨは外に出て、雨戸に大きな音を立てはじめた。一帯は薄暗くなりか

けている。怪しむ者はない。日暮れとともに一膳飯屋は暖簾を降ろすのが日常なのだ。

「明かり」

　寅治郎の声はナカに向けられた。

「は、はい」

　おナカは憑《つ》かれたように動いた。

　油皿に明かりが入り、雨戸を閉めたイヨが店場に戻ってきた。崩れ落ちた男はまだ喉を押さえ、身悶えるように呻いている。

「な、なんなんだよう。お、おめえさんがたっ」

　まだ無傷の一人はあとずさりし、飯台に尻をぶつけた。突然入ってきた三人は浪人にお店者に職人と、見ようによってはなんとも奇妙な取り合わせなのだ。驚愕に身を包まれたまま、男は目を白黒させている。

　寅治郎は右手の鉄扇を胸の前で水平に構えたまま、左手でうずくまる男を指した。

「手応えが普段と違った。こやつ、もう声は出まい。喉がつぶれて飯が喰えず、衰弱死しようかの」

　さらりと言い、目を棒立ちの男に向けた。

「だ、だ、だから、なんなんだよう。おめえら」

「俺たちか。つい出しゃばってなあ。乗っかった舟がここまで来てしもうただけのこと。

このまま引き返すのは心残りでのう。さあ、話してもらおうか」

「な、なにをでえ」

男はまたあとずさりし、

「わっ」

椅子に足を引っかけ、音を立てて土間に尻餅をついた。その動きを追うように寅治郎は鉄扇を収めるなり刀の柄に手をかけ、つぎの刹那《せつな》には切っ先を男の喉元に当てていた。その早業に留吉は目を見張った。手斧か槍鉋を取りに戻ろうとしたのが空虚に思えてくる。

「ううっ」

呻く男に、箕之助は放った。寅治郎の動きと一体になっている。

「小伝馬町での牢問《ろうとい》じゃ、死なぬよう加減すると聞いています。ここではその必要はありません。さあ、話してください。おナカさんとイヨさんが素金屋を殺《あや》めねばならなかった理由《わけ》と、おまえさんがたがここへ来た経緯《いきさつ》を」

男の顔は見る見る蒼ざめた。箕之助の丁寧な言いようがかえって男の内腑を刺した。そやつだけではなかった。

「献残屋さん！　あ、あんた、いったい！」

おナカが掠《かす》れた声を絞り出した。

「おかみさん。お驚きでしょうが、さしたる理由はないのです。ただ、おかしいと思ったらついのぞきたくなり、結句は立ち入ってしまう。献残屋の悪い癖《くせ》なんです。あとは日向さまがおっしゃったとおりで、引き返せなくなったのです」

「そういうことだ。この献残屋とは一蓮托生《いちれんたくしょう》でのう」

「お、俺もよ」

寅治郎が肯是《こうぜ》したのへ、留吉もつづけた。

「な、ならば、おかしいと思ったのは、あたしたちが献残屋さんへ伺ったときから？」

横合いから出したイヨの声は掠れていた。

「そうよ。嫁だか姑だか知りやせんが、あんたらの仲が悪いなど、俺の目はごまかされませんやね」

留吉が言ったのへ、店場に出てきて樽椅子《たるいす》に腰かけていた治平が応じた。

「かもしれねえ。大工の留吉さんには奥を見られてしまっている。それに、献残屋さんも日向さまも、もうわしらの奥をお見通しのようだ」

中風などとは思えない、明瞭な口調だった。

「あるじ、おまえ」

「はい、中風も芝居でございましたですよ。こうなったらそこの与太《よた》に訊《き》かずとも、わしがすべて話しまさあ」

治平は背筋を伸ばした。これには箕之助も留吉も目を見張った。尻餅をついている男もそうだった。うずくまっているほうは、まだ喉を押さえ、呻きながら小刻みな痙攣をくり返している。治平は話しはじめた。

以前は室町の裏通りで小振りながら蕎麦屋の暖簾を張っていたらしい。

「へぇえ、室町で」

留吉が声を上げ、寅治郎は頷いた。日本橋界隈の室町で裏通りとはいえ蕎麦の暖簾を張るなど、相応の年季と腕がなければできないことである。

「色気を出しましてな」

治平は言う。

（表通りに出たい）

けしかけたのは、おナカとイヨが一緒に葬《ほうむ》った素金屋だった。

素金屋は言った。

「――治平さんならいくらでも用立ていたしますぜ。なあに、月々の上がりから少しずつ返していただけりゃいいんで」

治平には自信があった。七歳のときから下職に住み込ませ、十数年かけて叩き上げた見習いも治平の代わりが打てるほどに育ち、娘のイヨも望み、婿《むこ》に入れたばかりのときだった。

「ほら見ねえ。イヨさんは実の娘だったじゃねえか」

留吉が得意気に口を入れたのへ、箕之助はまた叱声を吐いた。辻屋は札ノ辻に開業したときから、すべて偽装で固めていたのだ。その理由を、治平は語りはじめたのである。

室町で思い切って表通りに店の権利を買った。資金を用立てたのが素金屋なら、店舗を見つけたのも素金屋である。新規の蕎麦屋はおなじ室町だから固定客はついてきたし、表通りであれば一見《いちげん》の客も多く、順調だった。だがそれはつかの間だった。客同士が店で喧嘩をしたり、蕎麦に因縁をつける者も出はじめ、それが連日となってはたちまち客足は遠のき、月々の支払いが滞《とどこお》るようになると素金屋は一変し、連日ヤクザまがいの嫌がらせと取立てがつづいた。

そのとき喧嘩や因縁の張本《たばね》になっていたのが、いま寅治郎に喉をつぶされうずくまっている男であり、取立てに連日手下をつれて乗り込み、客がいようがいなかろうが大声で凄《すご》んでいたのが、寅治郎の刀を喉元に受け、呻いている男だったのだ。すべてが素金屋の仕組んだ罠《わな》だったと気づいたときには、表通りの店はむろん、イヨたちのためにと裏通りに残しておいた店も人手に渡ったあとだった。両方とも素金屋の手に落ちていた。治平の一家には借財だけが残った。そこへ、いま刀の切っ先を受け震えている男が話を持ってきた。イヨを女郎屋に売って金をつくれというのである。

「――夜な夜な知らぬ男を相手にするのが嫌なら、うちの旦那の世話を受けるかい」

とも言った。それも素金屋が最初から仕組んでいたことであった。

かたわらでおナカとイヨがすすり泣きはじめた。

イヨの婿は鉈《なた》をふところに、移り住んでいた長屋を出た。気づいた治平は後を追って走った。行く先は分かっている。だが、治平が素金屋に飛び込んだときには、婿は子分どもに前後左右からメッタ刺しにされ、息絶えたあとだった。奉行所に訴え出ることはできなかった。借金の上に喧嘩支度で乗り込んだのは婿のほうなのだ。

堪えられなくなったのかイヨが声を上げて泣き出し、おナカがその肩を力一杯に抱き締めていた。寅治郎の刀の切っ先が、

「おい」

声とともに男の喉元に薄く血を滲ませた。

「あ、あ、あいつが悪いんだぜ。治平さんもよ、あ、あんな無鉄砲なやつを、よ、よ、よこすからよ。だから俺たちゃあ、そ、そうだろう。守らなきゃあ、な、な、ならなかっただけだぜっ。ううっ」

刀の切っ先が、新たに喉の皮をかすった。

「それで仇討ちを？」

箕之助が治平に向かい、低い声を入れた。

「へえ。子分どもまで皆殺しとはいきやせんが、せめて頭の素金屋一人だけでもと思い……室町を逃げこちらに移り住んだのも、すべてそのためでござんした。女房と娘に芝

居を打たせたのもあっしで、中風で蕎麦をやめ一膳飯屋に鞍替えしたのも、疑いがかからぬよう、全部あっしが考えた筋書きだったのでございますよ……そう、なにもかも……あの素金屋を倣《なら》い」

「ふむ。で、おまえたちがここへ来たのは？」

寅治郎は男に視線を戻し切っ先をまた動かした。男は尻餅をついたままあとずさりし、

「へん、手の込んだことをしやがって」

すべてを明らかにされたせいか、かえって落ち着いた口調を取り戻していた。

「やい、イヨよ。おめえが色仕掛けでうちの旦那を呼び出したのなんざ、すっかりお見通しよ。室町にひょっこり現われるなら、分からねえようにやりやがれ。まったくおめえらド素人だぜ。だがよ、イヨとナカが二人がかりでうちの旦那をメッタ刺しにしたのには驚いたぜ。俺とこいつとでよ、室町からそっと後を尾けていたのさ。それにも気がつかねえとはなあ。おかげで俺たちゃ、ここが分かったって寸法よ。結局、室町の素金商売はもう終わりで、俺たちの身まで危うくなっちまったい。どこかずらかる前《めえ》に、借金《けえ》は返してもらわなきゃなあ。イヨさんよ。おめえの体はいい金になりそうだからなあ。証文はここにあるぜ。わざわざ持ってきてやったんだ。さあ、ご浪人さん。この刀を引いてもらいやしょうか。腕づくでカタがつくと思っちゃ大間違いですぜ、ええ。おっ、おい、どうした！」

尻餅の男は悪態をついたあと、驚いたようにうずくまっていた男に視線を投げた。男は

蛇が鎌首をもたげたように上体をそらせ、

「ううう っ」

喉に血を詰まらせたのか口のまわりも赤く染めはじめたのが、淡い油皿の明かりにも認められた。一同の視線が乱れた。瞬時であった。

「金造、市五郎！　死ねーっ」

治平が樽椅子から身をひるがえすなり尻餅の男に突進した。手に光るものがある。迂闊《うかつ》であった。治平がふところに出刃包丁を忍ばせていたのへ、寅治郎も気づいていなかった。板場からよろよろと出てきたときには、まだ中風のおやじとばかり思っていたのだ。

「うぐっ」

呻き声がながれた。心ノ臓を一突きだった。男の身は仰向《あおむ》けに倒れた。治平の動きは速かった。包丁を男の胸に刺したまま身を起こし、

「この手でっ」

鎌首をもたげ血を吐いている男へ喰らいつくなり喉を絞め上げ、そのまま一緒に土間へ倒れ込んだ。

「おやじ、もうよいぞっ」

寅治郎が声をかけ箕之助が治平の身を引き起こした。首を締められた男に動きはなく、

「死んでやすぜ」

しゃがみこんだ留吉が呟いた。治平の動きはとまっていなかった。箕之助が手を離すなり飯台の匕首《あいくち》を引き抜き、

「うぐぐっ」

みずからの首筋を斬り裂いた。男のいずれかが突き立てていた匕首である。大きく揺らぐ灯芯一本の明かりに、治平の首から血の噴出するのが見える。

「あんたーっ」

「お父つぁん！」

おナカとイヨが土間を蹴った。箕之助が背後から治平の身を支え、寅治郎が疵口に顔を近づけた。

「いかん！　動かすな」

深手だ。動かすなと言ったのは、息をしているのを少しでも伸ばすためであった。

「すまぬっ」

治平は箕之助に支えられ口を開いた。

「あんたっ」

おナカがしがみつこうとしたのを、

「聞こう」

寅治郎が肩をおさえ、引きとめた。

「婿《むこ》を、婿を死なせてしもうた。それに、わしの筋書きで、女房や娘に罪まで犯させてしもうた。償《つぐな》えぬ！　図らずもきょう、悪人どもを、二人も屠《ほふ》ることがでた。礼を、礼を言いやす。わしのケジメは、つきやした。許せっ、おナカ、イヨ」

言い終わるなり、治平の身が急に重くなったのを箕之助は感じた。

「ヒーッ」

おナカは声を絞り、イヨは治平の膝にくずれ込み、泣き声が出るのを懸命に堪《こら》えた。

「こ、こんなことって」

留吉は愕然《がくぜん》としている。油皿の炎が、動きをとめたまま淡い明かりを店の中に投げつづけている。

寅治郎がやおら言った。

「こうなれば、この場を偽装する算段をせねばならぬのぉ」

おナカとイヨを助けるためである。だがおナカは、治平の体をつかんだまま寅治郎に振り返った。

「亭主の、亭主の筋書きを、そのままつづけさせてください！」

「亭主の筋書き？」

「はい。つづきは、あたしが書きますうっ。治平への、供養ですっ」

おナカは寅治郎へ顔を向けたまま、懇願するように言った。あとには退かない、覚悟を決めた言いようであった。箕之助にも留吉にも視線を向けた。二人はたじろいだ。

「供養のつもりでのう。して、いかように？」

寅治郎はおナカの脳裡に、すでに算段の出来上がっているのを感じ取った。

「はい」

おナカは頷き、

「うちに、盗賊が入ったのです……二人組の。亭主は……あたしたちを護るために」

息の絶えた二人組に視線を向けた。唯一の選択肢であった。死体を外に運び出すのは危険をともなう。寅治郎たちがたまたま居合わせたにしては、夕刻には商いを仕舞う一膳飯屋では不自然だ。芝居は行きずりの盗賊でなければならない。二人の素性をおナカたちが知っていたとなれば、金杉橋との関連が浮上する。

(おナカめ。なかなかしたたかな)

寅治郎は内心に唸《うな》った。

「だったら、あっしらはどう手伝いすりゃいいんで」

「あとは、おナカさんがすべて取り仕切るってことさ」

留吉が入れた問いに、箕之助が応えた。箕之助もすでに、状況に選択の余地がないことを感じ取っていた。

「だから、どういうことでえ」

「こういうことだ。裏口はどこかな」

ふたたび留吉が言うのへ寅治郎は応え、腰を上げた。

「板場の奥に」

さすがに母娘か、イヨはおナカの意を解したようだ。板場を手で示し、案内に立とうと腰を上げた。

「そりゃあ勝手口は板場の外で、路地に出やすが」

留吉はこの家の間取りを熟知している。まだ不服そうである。

「あゝ、日向さまに献残屋さん、それに留吉さんも。あたしたちは女の身で、ただオロオロしていただけです」

板場のほうへ向かう三人に、おナカは声をかけた。自分たちが自身番に引かれる懸念はないということを言いたかったようだ。寅治郎と箕之助は頷きを返した。

八

「決して、邪魔じゃなかったなあ」

「はい」

寅治郎が言ったのへ、箕之助は返した。三人が辻屋に駈けつけたことである。人気《ひとけ》の絶えた街道を、いま芝の方向に向かっている。

「提燈を持ってくればよかったですねえ」

「なくてもよかろう。通いなれた道だ」

箕之助に、こんどは寅治郎が返した。見慣れた商家のながれが、大戸を降ろし、あるいは雨戸を閉め、両脇に黒々とつづいている。留吉が無言でうしろを振り返った。三人が札ノ辻を離れたころ、辻屋ではおナカかイヨが雨戸を蹴破り、外へ裾《すそ》を乱して叫び走ることであろう。

「――誰かぁーっ。人殺しーっ」

芝居を打つのは慣れている。真に迫るというよりも、実際に賊二人が死に治平が自害しているのだ。夜の田町四丁目近辺は騒然となり、きょう昼間大和屋へ聞き込みを入れた岡っ引も駈けつけるであろう。朝になれば探索がはじまる。岡っ引はすぐ前日に胡乱《うろん》な二人組が路上でお店者に声をかけ、辻屋を窺《うかが》っていたことを突きとめるだろう。そのお店者に賊の死体を面通しさせれば、答えるはずである。

「――はい、間違いありません。この二人です」

近所の者は言うだろう。

「――二人組の盗賊だって！　女二人の店と見て、なめてかかったりやがったんだぜ。殺されていい気味さ」

「――それにしても治平さん、火事場の馬鹿力かねえ。身を楯に女房と嫁をよう護りなさった。できることじゃないねえ」

治平が中風とはいえ、寝たきりではなく板場にも出ていたことは常連客が知っている。室町界隈の岡っ引が同心と一緒に出張ってくれば、二人組が素金屋の手下であったことは判明しよう。だが、治平が書いた証文はとっくに辻屋の油皿の中で灰になっているのだ。

「あの二人組、治平はたしか金造に市五郎とか叫んでいたな。どっちがどっちか知らないが、忘れよう。盗賊の名など、世間が知るわけないからなあ」

「はい」

寅治郎が言ったのへ箕之助は短く返し、

「まったくで。名もないまま世間から葬られる。似合ってまさあ、やつらには」

留吉がつないだ。

「おっと」

つまづきそうになり、さらにつづけた。

「旦那はもちろん働きなすったが、あっしはなんだったたんですかね。ただついてきただけですかい」

まだ不満の色を滲ませている。箕之助が返した。

「違うよ。おナカさんたちの芝居を見抜いている留さんがいたから、治平さんはとっさの判断ができたんだよ」

「そういうことだ」

寅治郎が短く肯是したのへ、

「へえ」

恐縮したように留吉は闇の中でピョコリと頭を下げた。

三人の足はもう芝の街並みに入っていた。


大和屋の居間に明かりは点いていた。箕之助が裏手の勝手口に音を立てると、それに倍する音が中から返ってきた。志江と舞が競うように居間から跳び出してきたのだ。熱いお茶はもちろん、熱燗も、それに湯漬けの用意もできていた。

話を聞き、志江と舞は驚愕した。無理もない。事態は寅治郎も箕之助も留吉も、まったく予期せぬ方向に進んだのだ。

居間の卓袱台をはさみ、舞が留吉に喰いつくように言った。

「遺《のこ》されたおっ母《か》さんと娘のイヨさん。あたし知らないけど、死なせちゃだめよ！　死なせないでよ！」

「分かってらい。だけどよ、もう俺たちの手を離れたんだぜ」

「だから、見に行くのよ、ようすを。そうだ、あたし自分で見に行く。通り道だから」

「そうね。日向さまもうちの人も、それに留吉さんも見に行かないほうがいいかもしれない。舞ちゃん、あした一緒に行きましょ」

「はい。朝早くよ」

志江が言ったのへ、舞は勇んで応じた。

口数が少なくなっていた寅治郎が、ポツリと言った。

「きょうは、寂《さび》しゅうてならんわい」

箕之助には分かっていた。寅治郎には、治平の覚悟を読めず死なせてしまったことが、痛恨であり悔しくてならないのだ。だが箕之助は、それを口に出すことはなかった。

その夜、留吉も舞も大和屋に泊った。五人が雑魚寝《ざこね》である。それでよかった。留守居《るすい》であった志江と舞も、寅治郎が痛感している無念さを共有しているのだ。


翌朝、舞と志江はつれ立って大和屋を出た。まだ薄暗い。札ノ辻にさしかかるころには明るくなっているだろう。

「俺は素通りするから、茶店で話を聞かせてくれ」

寅治郎は舞に言っていた。

太陽が昇り、寅治郎が田町八丁目の茶店に出てきても、舞から報告することはさしてなかった。芝三丁目に戻った志江も、箕之助に安堵の色を見せた。

札ノ辻の裏手に、まだ早朝というのに人だかりができていた。六尺棒を持った捕方《とりかた》が辻屋の前に立ち、野次馬を中へ入れないように見張っていた。近所の者に聞けば、深夜に騒ぎが起こっておナカとイヨが田町四丁目の自身番につれていかれたが、夜明け近くには帰されたらしい。供述に怪しむ点はなかったことになる。

「そうか」

寅治郎は頷いていた。舞の話はそこまでだったが、近くの茶店には田町四丁目の裏店《うらだな》から来ている女もいる。その者から聞くほうが内容は詳しかった。町の者は、賊を治平が自分の命と引き換えに殺してしまったことに、

「――治平さんには気の毒だが」

いずれもが前置きし、内心には安堵を覚えていた。逃げた者がいればそれこそ物騒だ。葬儀のとき、香典は四丁目以外の町々からも集まることになるだろう。

供述の内容は、自身番に群がった住人らも多く夜明け前には町内へながれていた。

「――犬猿の嫁と姑が勝手に言ってそれが一致しているのだから、これほど確実なことはあるまいよ」

自身番に詰めていた町役《ちょうやく》たちも岡っ引も、町の事情には詳しい。二人はいがみ合っていたのである。奉行所から駈けつけた同心も、これら町役や岡っ引の説明に得心したように頷いていたらしい。それらの話のなかに、他の力が介在していたことなど、一切出てこ

なかった。

往還の縁台で、寅治郎は苦笑し、舞を屹《き》っと睨んだ。

(筋書きを書いた者の意志を全うしてやりたい)

その思いからである。

(喋るな)

言っているのだ。舞は真顔で頷いた。内心はさぞ話したくて、ウズウズしていることだろう。


留吉はいつもの武家地を抜ける近道を行き、田町四丁目の札ノ辻は通らなかった。大名屋敷に入ると、市井《しせい》の噂からは遮断される。陽が西にかたむくのが待ち遠しかった。その日の仕事が一段落すると、

「へい、お先にごめんなすって」

まっ先に六万六千石の中屋敷を飛び出した。

走った。

仰天するような噂を聞いた。直接辻屋の戸を叩こうかと思ったが控えた。

芝三丁目に駈けた。

「箕さんっ。箕之助旦那！」

息せき切って大和屋の敷居を跳び越えた。箕之助は帳場格子の中にいた。

「まあまあ、なんですか」

志江も奥から出てきた。

「なんですかじゃありやせんぜ」

志江の出したぬるめのお茶をひと息にあおり話した。おナカとイヨが自殺を図ったというのである。首吊りであった。治平のお悔やみに来た近所の者が見つけ、医者を呼び、一命は取りとめたらしい。

「で、いまは！」

「町内のお人らが交替で辻屋に詰め、町役さんたちも夜にはしばらく辻屋に詰める算段をしているらしいですぜ」

「ありがたい！」

箕之助は思わず腹から声を絞った。

舞と寅治郎がそれを知ったのは、札ノ辻を素通りし大和屋に顔を入れたときだった。

「ふむ。留吉が直接おナカとイヨの前に出なかったのは上出来だった」

寅治郎は言った。すべてを知る者が顔を見せたのでは、せっかく取りとめた命をまた絶とうとするかもしれないからだ。大和屋に額を寄せた面々はこのとき初めて、おナカとイヨの役者ぶりが命がけだったことを知った。

二日後だった。おナカとイヨがそろって大和屋に顔を出した。部屋に上がるのを謝絶しすぐに帰ったが、二人は箕之助と志江に深々と頭を下げていた。

「東海道は遠州《えんしゅう》掛川《かけがわ》に寄《よ》る辺《べ》がありますもので」

そこに移って一膳飯屋を開くという。出立《しゅったつ》は明日の朝だとか。田町八丁目では早めに出た寅治郎とも挨拶をかわすことになろう。

舞が言っていたが、田町四丁目に住む同輩の話では、あの事件を境におナカとイヨの仲がすっかり溶け、町内の者は安心しているらしい。

「――無理もない。治平さんが殺された場所だもんなあ」

と、二人が江戸を離れる気持ちも理解することだろう。同時に、

「――嫁が姑について行くなど、見上げたものじゃないか。ぬかるみが乾いて、いっそう固まったってことさね」

噂し合うことであろう。

その日が来た。すでに夕刻近くだった。東海道は男の足なら一日で相州戸塚《そうしゅうとつか》のあたりまで進むが、女二人ではまだ武蔵《むさし》の神奈川宿《かながわしゅく》あたりだろうか。遠州掛川には六日を要しよう。

「大旦那さまが、話があるから来て欲しいと」

蓬莱屋から嘉吉が呼びに来た。箕之助は急いだ。道すがら嘉吉が言うには、話は案の定で金杉橋の探索状況についてらしい。呼ぶからにはなにか進捗があったはずだが、そこまで嘉吉は聞いていないようだった。

いつもの中庭に面した部屋で、障子戸は開け放してあった。庭の植込みが夕陽を浴び、まぶしく見える。その光を受けながら仁兵衛は言った。

「八丁堀は札ノ辻で殺された二人が、室町の素金屋のいい顔だったことは突きとめたようだが、金杉橋の件とは関連づけていないようだ。ここへ来た同心など、つい本音を吐いてのう、あの二人を殺《あや》めたのは素金屋を葬《ほうむ》ったのと同様、まったく世のためいいことをしてくれたと言っておった。散ったそのほかの三下《さんした》などは、探索する価値もない奴らしい」

「だったら、素金屋殺しの犯人は」

「いずれあくどい被害にあったお人で、奉行所だってそんなのにお縄をかけたくないのだろうねえ。どうやら八丁堀のお人ら、岡っ引にも指示して探索の手を引くらしい。それが奉行所の暗黙の方針だとか匂わしていたなあ」

仁兵衛は、おナカとイヨがけさ江戸を離れたことを聞くと顔をほころばせ、

「町衆からの餞別《せんべつ》は多かったろうなあ」

小さな双眸をさらに細めた。治平の、身を挺しての仇討ちだったのだ。それが名誉とな

るのは武士にのみ許された特権である。町衆がおなじ事をおこなえば〝殺し〟である。こたびの動きの真相を知る者は、数名しかいない。同時にそのことが、外に洩れることもあり得ないだろう。

仁兵衛は増上寺の林間からながれてくる風に大きく息を吸い、

「そのお人が打った蕎麦、一度食べてみたかったたねえ」

「わたしもです。どんな味だったたか、もう日向さまに聞く以外ありません」

「日向さまか」

仁兵衛は頷き、

「あのお方も街道に毎日座って、まるで人をお找しになっているような。おっと、頼まれもしないのに、他人《ひと》さまの奥を詮索するのは禁物だったなあ」

「はい」

箕之助は返した。

増上寺から夕のお勤めが聞こえはじめた。箕之助は蓬萊屋にいたころ、朝な夕なに聞くその響きが好きであった。樹林のざわめきに混じって聞こえる、寺僧たちの読経《どきよう》のうねりである。

本懐への道

一

尾を引いているのだろうか。

「おまえさま。ここ数日、晴れぬようですが、まだ辻屋さんのことを？」

朝から帳場格子の中に座りこんでいる箕之助に、志江は心配げに声をかけ、盆に載せてきた湯呑みを文机《ふづくえ》の上においた。もう午《ひる》に近い時分である。

十年近くも武家奉公をしていた志江にとって、今年元禄十四年の元旦を皮切《かわき》りに箕之助と芝三丁目の町家で所帯を持ったとき、となり近所のおかみさんとおなじように、亭主を「おまえさん」となかなか呼べなかったものである。当初は「箕之助さん」と名を呼び、それが「おまえさま」になり、自然に「おまえさん」と呼べるようになったのは今年の夏が過ぎたころからである。秋が深まり、ようやくそれも板についてきたいま、また「おまえさま」と以前の呼び方が出てしまった。箕之助が辻屋の一件以来、考えこんでいるような表情がまだ消えないからである。

おナカとイヨが江戸を離れてから四、五日がたつ。田町四丁目から辻屋が消滅してしまい、小口とはいえせっかくの裏走りが商いに結びつかなかったからなどでないことは志江にも分かる。ならば、辻屋の奥向きに寅治郎と一緒に踏み入ったものの、あるじの治平を死なせてしまったことを悔いているのか。志江は居間で箕之助とくつろいでいるときも、敢えてそれを話題にすることはなかった。

だが、箕之助から一度だけそれを口にしたことがある。

「――治平さん、算段を立てたときから、覚悟を決めていたのかもしれないなあ」

ポツリと言っただけで、あとはなにも言わなかった。志江もそのとき、

「――かもしれないですね」

短く返しただけだった。

だが志江はいま、つとめて話題にするのを避けようとしていた辻屋の件を、つい口にしてしまい、

「きょうも外は秋晴れのようですねえ。このまえ舞ちゃんが持ってきてくれた秋刀魚《さんま》、おいしかったぁ」

話題を変え、空の盆を小脇に腰を上げた。

「ふむ」

箕之助は頷き、志江が置いた湯呑みにひと口あてると、

「ちょっと出かけてくる。田町八丁目だ。日向の旦那にちょっとな」

腰を上げた。

「えっ、日向さまならわざわざ出かけなくても、お帰りを待ってここで呼びとめれば」

「いや。太陽の下でな、ゆっくりと話したいのだ」

「はあ？」

妙なことを言うものだと志江は首をかしげた。

辻屋の件では、箕之助が日向寅治郎に助っ人を頼んだのではなく、寅治郎みずからが関わっていったのだった。それは紛れもなく、仇討《あだう》ちだったのだ。

(それであのように率先《そっせん》して)

後始末をおナカの筋書きに任せ、夜の街道を芝三丁目に帰るとき、箕之助は思ったものである。

もしそうだとすれば、

(日向の旦那も……あるいは)

その念が頭から離れなかったのである。仁兵衛もそこにうすうすと気づいているのか、

「――他人《ひと》さまの奥を詮索するのは禁物」

などと言っていたが、

(言うこと自体、気にしている証拠)

箕之助には感じられ、

(だったら自分になにか、手伝えることがあるのではないか)

漠然とした思いが込み上げてきたのである。

「ついでにあの近辺への挨拶まわりもしてくるよ。昼は舞ちゃんのところででも適当に食べるから」

言って三和土《たたき》に足を下ろそうとしたときだった。箕之助と志江は同時に玄関の腰高障子に視線を向けた。人影が立ったのだ。辻屋の一件が念頭にあったためか箕之助は一瞬、

(まさか、おナカさん!)

思った。女の影だったのだ。

障子戸が動くと同時に、

「御免下さいまし」

丁寧な口調の声が、すき間から入ってきた。

「あっ、これはサチさま!」

先に声を上げたのは志江だった。サチは以前にも大和屋を訪れたことがあり、箕之助ともども恐縮したものである。

「——いいえ、おかまいなく。薬研堀《やげんぼり》の浪宅《ろうたく》では狭いところに隠居夫婦とあたくしども、

そこへ同志の方々が幾人も毎日お見えになり、まるで大所帯のように雑然としているのでございますよ」

サチは武家の女ながら気さくな口調で言ったものである。赤穂藩《あこう》浅野家《あさの》の廃絶以来、すでに隠居して東両国《ひがしりょうごく》の薬研堀に居宅を構えていた父堀部弥兵衛《ほりべやへえ》のところへ、婿《むこ》養子の安兵衛《やすべえ》とともに移り住み、そこが元赤穂藩士たちのたまり場になっていたのだ。むろん集《つど》うのは安兵衛と行動を共にしようとする面々ばかりだが、サチはそれらをすでに〝同志の方々〟と言っていた。しかも赤穂藩とは無縁の箕之助と志江に向かってである。

「きょうもまた、父弥兵衛からの伝言を持って参りました」

店の板の間に膝を折った箕之助と志江に、サチは言う。

「ささ。お上がりになってくださいまし、サチさま」

「相変わらずむさ苦しい所でございますが。さあ」

箕之助と志江は同時に店の板の間と奥を手で示した。

「それではお言葉に甘えまして」

しなやかな身のサチは上がり框《かまち》に足をかけ、

「実は弥兵衛からの伝言というよりも、お願いに参ったのでございます。なにぶん事情をお察しあり、よろしゅうお願いいたしまする」

「なにをおっしゃいます、サチさま」

頭を下げるサチに恐縮したように応じながら、箕之助の脳裡には、

（日向さまか）

浮かんでいた。サチが言う〝事情〟とは、元浅野家家臣団が大挙して吉良上野介《きらこうずけのすけ》を襲うかもしれないという、世間一般が念頭に置いているようなことではない。すでに諸人《もろびと》の目に見えぬところで、堀部安兵衛を中心に高田郡兵衛《たかだぐんべえ》や片岡源五右衛門《かたおかげんごえもん》ら江戸在住組の急進派が何度かつけ狙い、ことごとく水泡に帰しているのである。日向寅治郎がかれらの前に立ちはだかっていたのだ。時には安兵衛と白刃を交えたこともあった。いずれも浅野家断絶前から浪人仲間であった元赤穂藩士の不破数右衛門《ふわかずえもん》の言動から安兵衛らの意図を察知し、先手を打ってそれらの動きを封じていたのである。一人でできるものではない。そこには箕之助や留吉、それに志江や舞までが寅治郎の目となり耳となり、さらに手足となって動いていたのだ。もちろん蓬莱屋のあるじ仁兵衛が側面より支援すれば、元浅野家江戸藩邸の日傭取頭《ひようとりがしら》を請負《うけお》っていた播磨屋忠太夫《はりまやちゅうだゆう》も背後で手を貸していた。

だが、邪魔立てされた安兵衛や数右衛門らが寅治郎を恨《うら》むことはなかった。むしろその逆だった。

寅治郎は蓬莱屋の仁兵衛や箕之助に言っていた。

「――大事の前に、軽挙は誰かが止めてやらねばならんのだ」

一見妨害に見える行為は、元赤穂藩士らの心情が分かるがゆえの闇走《やみばし》りだったのだ。そ

れを、安兵衛や数右衛門らは解していたのである。

憤懣《ふんまん》やるかたなく語る安兵衛や数右衛門らから日向寅治郎なる浪人の存在を知った堀部弥兵衛は、播磨屋忠太夫を通じて寅治郎や箕之助、留吉らと会う機会をつくり、

「――いやあ、かたじけない。わしの目が行き届かぬばかりに」

頭を下げ、

「――おぬしらのようなお方らがおられればこそ、われらも本懐に近づけるというもの」

しみじみと言ったものである。

サチが初めて弥兵衛の遣《つか》いとして、芝三丁目の大和屋まで辻駕籠を駆ったのはこのときであった。

そのサチがふたたび大和屋に訪《おとな》いを入れたのである。

(また赤穂の方々に不穏な動きが)

当然、箕之助は思った。だから、それを阻止し得る寅治郎の顔が念頭に浮かんだのである。だが辻屋の件の直後である。一瞬サチの影をおナカと思ったように、あらためてもう一つの念が湧いてきていた。

(日向さまには、赤穂の方々と暗黙の中に分かり合えるところがある……ということは、日向さまも)

元赤穂藩士というのではない。

（似たような志《こころざし》を秘めておられるのでは……）

その思いである。

田町四丁目の辻屋からの帰り、

「——治平め、まさに仇討ちをしおった」

寅治郎は歩を進めながら呟《つぶや》き、

「——うーむ」

唸っていたのである。

「ささ。サチさま、居間のほうへ。あらたまった準備はございませぬが」

志江が先に立ってサチを廊下のほうへいざなった。武家奉公の長かった志江は、こうした応対には慣れている。

「ともかく奥で」

箕之助はそのあとに従った。

湯飲みに湯気が立っている。

「父弥兵衛からは文《ふみ》ではなく、すべて口頭にございます。それを播磨屋忠太夫どのにご伝言願いたいのですが」

卓袱台をはさみ、サチは言った。

寅治郎への用向きではなかった。予想外のことに、かえって箕之助は緊張を覚えた。

東両国薬研堀の浪宅は、堀部弥兵衛と安兵衛の父子が住まっているとあっては、吉良家も上杉家も早くから目をつけ、とくに上杉家では細作《さいさく》を放って出入りする者の面体《めんてい》を確認し、赤穂浪人の動向を探ろうとしているはずである。その浪宅から安兵衛や郡兵衛が出かけ播磨屋に入ったとなれば、上杉家では赤穂浪人たちが動きはじめた一環と見るかもしれない。

サチが日常を装って出かける分ならその懸念は薄い。サチにしても日本橋で辻駕籠を捨て、街並みを歩いてからまた別の駕籠を拾い、ふたたび金杉橋で捨てて芝三丁目には街道を歩き、大和屋への脇道に入るときにも尾行はついていないか確認していた。直接播磨屋に行かなかったのは、播磨屋にもなんらかの目が張り付いているかもしれないからである。張り付いているとすれば、サチの面体を上杉の細作が知らぬはずはないのだ。

浅野家断絶のおり、播磨屋が中間《ちゅうげん》や腰元など江戸藩邸の奉公人たちの再奉公先を江戸中でさがし、さらに藩士らの一時の落ち着き先を確保するのに奔走したのは、周囲のよく知るところである。断絶直後は腰元や中間、それに藩士たちまでもが播磨屋にころがりこんだものである。日傭取頭とは、奉公人の斡旋《あっせん》をする口入屋《くちいれや》の元締めである。仕事先の決まるのを待つ者が一時逗留《とうりゅう》する人宿《ひとやど》の設備もあれば、道路普請などの人足を道具付きで頼まれたときなどのために、大八車などを収納する倉まで持っている。そうした商い仲間の連絡網はまた、江戸中に張り巡らされている。

町の献残屋が口入稼業の播磨屋の暖簾をくぐるのは、なんら怪しむに足りない。むしろ通常のことである。張り付いている者がいたとしても、なんら気にとめることはない。しかも堀部弥兵衛が播磨屋忠太夫への文を認《したた》めることなく伝言にしたのは、万が一サチが途中で襲われた場合を考えてのことであろう。

堀部弥兵衛がそこまで用心深くなっているということは、

（尋常ではない）

箕之助はサチの言う〝伝言〟にまた緊張を覚えた。それはとりもなおさず、赤穂の件に関しては日向寅治郎の手足になっている大和屋に対する、堀部弥兵衛の信頼のあらわれでもある。箕之助はいまさらながらに自分の立場へ吃驚《きっきょう》しながら、

「日向さまにこのことは」

問いを入れた。

「そのような物騒なことではありませぬ。ただの伝言なのです」

サチは言い、志江の運んできた湯呑みを口にあて、

「まあ、おいしい。志江さんにまでかような気配りをしていただき、恐縮に存じます」

志江に微笑みかけた。

「いえ、気配りなど」

志江は返したが、いま出している茶はさきほど店の文机に運んだ日常のものと違い、献残物の商品になる高級茶の封を切ったものである。サチにはそれが分かったようだ。サチは湯呑みを卓袱台にゆっくりと置き、話をつづけた。播磨屋への伝言の内容である。

「うちの安兵衛や宅へよくお越しの方々がおっしゃるには、飯倉《いいくら》も白金《しろかね》も警護が固く」

サチは箕之助と志江に視線を向けた。飯倉とは米沢藩上杉家十五万石の中屋敷であり、白金とはおなじく下屋敷であることは、この場の三人には言わずとも分かる。さらに〝宅へよくお越しの方々〟の中に、ときおり田町八丁目の茶店へぶらりとやってくる不破数右衛門が入っていることも、箕之助と志江は承知している。

呉服橋御門内の役宅を召し上げられ大川（隅田川）向こうの本所《ほんじょ》に移ることになった吉良上野介が、新居の修築が終わるまで暫時《ざんじ》上杉家にかくまわれることになった。その行列を襲おうとした安兵衛らの動きを押さえ、安兵衛らを狼藉者として一網打尽にしようとした上杉家のたくらみを粉砕したのは日向寅治郎である。秋の気配が深まりかけた、ついこの前のことであり、箕之助も志江も、留吉も舞も、さらに蓬莱屋の嘉吉も播磨屋からも人が出て百姓姿に化け、寅治郎の手足となって動いたのである。

視線に頷く箕之助と志江に、サチはまた軽く頭を下げる仕草を示した。

「ささ、おつづけくださりませ」

箕之助は頭を上げるよう、手を卓袱台の上に差し伸べた。

サチは頷き、つづけた。

「そこで安兵衛が申しますには、同志一統の思念を本所に集中したいと……。それで近辺に手ごろな空き家がないか……。それを播磨屋さんに探してもらえぬか……と」

「いかような空き家を」

遠慮気味に言うサチに志江が接《つ》ぎ穂《ほ》を入れた。志江もすべてを解している。近辺とは吉良家が屋敷を修築している本所松坂町《まつざかちょう》の近辺であり、空き家とは〝同志〟を配置し吉良屋敷への見張り所とするためのものである。いかに血気盛んな安兵衛らといえ、上杉家屋敷という藪《やぶ》を突《つつ》いて上杉十五万石の大名家と直接対峙《たいじ》することの無謀を悟ったのであろう。

「小さな商いができる貸店舗などを……。それに、安兵衛が申しますには、剣術の道場のようなものを本所あたりに開くことができれば……などとも申しまして。そのときには、日向さまにもご助力願えまいか……と」

サチが言いにくそうに言うのも無理はない。大きな要請であり、しかも武士が直接手配するには困難なことばかりであり、かつまたおいそれと誰にでも頼めるものでもない。浅野家家臣団にとって、頼める相手は播磨屋しかいないのである。さらにまた、安兵衛が互いに心情を解し合いながらも煙たがっていた日向寅治郎に対し、初めて合力《ごうりき》を求めてきたのだ。

「分かりました、サチさま」

箕之助は返し、身のブルッと震えるのを感じた。あらためて、自分が重大な立場に置かれたことを悟ったのだ。かたわらで、志江も真剣な表情をつくっていた。

「それでは用件は済みましたゆえ、あたくしはこれにて」

サチは湯呑みを手に取り、

「あゝ、おいしい」

ふたたびそっと卓袱台に戻した。

腰を上げるサチを、箕之助も志江もとめなかった。二人とも用件の重大さを悟り、サチも長居の無用を心得ているのだ。

箕之助と志江は玄関の外まで送り、さらに志江は街道まで出て周囲に目を配り、辻駕籠を呼びとめた。人の行き交う往還で、サチはさりげなく志江に言った。

「本所は普請が始まったばかりです。いろいろな職人さんが出入りしているようです」

「はあ？」

不意のことに志江は返事に語尾を上げたが、

「新普請ならそうでございましょうねえ。そのお言葉も、うちの人から間違いなく播磨屋さんに伝わるよう話しておきます」

「よろしゅう」

往来の中で、サチは軽く会釈した。サチにすれば多すぎる要求に気が引け、面と向かった大和屋の居間では言い出せず、志江との別れ際に謎かけのように話したのであろう。それを志江は解した。

「へい、駕籠。どちらまで」

「増上寺を越え、新橋の近くまで」

辻駕籠は籠尻《かごじり》を地面につけ、サチは乗った。帰りも途中を歩き、駕籠を乗り換えるのであろう。

志江は駕籠のあとに不審な動きの者がないのを確かめると、急いで来た往還をとって返した。箕之助が志江の帰りを待ってすぐ出かけようと、すでに草履をはき玄関の上がり框に腰かけていた。

「おまえさん、サチさまが……」

戻るとさきほどの謎かけをそのまま伝えた。

「ふむ。出入りの職人か」

箕之助は得心したように頷き、玄関の敷居を外にまたいだ。さきほどまで、寅治郎のところに行こうとしていたことなど忘れてしまったようだ。

播磨屋は芝からは遠くない。田町四丁目の札ノ辻で街道から北方向へ分岐している脇街道に入って三田を過ぎ、赤羽橋の手前の町家を東手に曲がった松本町《まつもとちょう》に暖簾《のれん》を出しているのだ。脇街道の道筋からもすこし入った立地だが、商いが諸人への奉公先斡旋とあってはそのほうがやりやすく、また人宿や倉の地所も取りやすいのである。もちろん赤羽橋を渡れば蓬萊屋であり、以前から播磨屋の献残物御用は蓬萊屋が扱い、箕之助は丁稚のころから播磨屋には出入りしているのだ。

二

急いだ。札ノ辻まで出る必要はない。街道を横切り町家の西手に広がる武家地を抜ければ松本町である。蓬萊屋に行くより近い。

「おや、これは蓬萊屋の、いや、大和屋さんでしたね」

播磨屋の番頭は、不意のときなどいまだに昔の呼び方をする。

「浅野さまご家臣の件で」

あるじの忠太夫は在宅しており、告げるとすぐ取り次いでくれ、待たされることなく奥に通された。播磨屋では浅野家のことになると、あるじから丁稚にいたるまで、なにより も最優先しているのだ。しかも忠太夫は、箕之助を迎えるのに人払いまでする。箕之助がすでに日向寅治郎とともに、浅野家臣らの動きに関わっていることを知っているのだ。箕之助がさっそく、いましがた堀部安兵衛妻女のサチが来たことを告げると、

「なにかありましたのか」

忠太夫は威儀を正すように上体を前にかたむけた。蓬莱屋の仁兵衛と違って大柄で、ギョロリとした双眸《め》は達磨《だるま》を連想させる。

箕之助はなんら脚色せず、サチの言葉をそのままに告げた。志江に謎かけのように語った内容も、

「女房が街道まで見送りましたときに、サチさまが……」

と、ありのままに伝えた。

「ふーむ」

達磨の忠太夫は腕組みし、

「堀部さまは、なぜさほどまで遠慮なさっておいでじゃ」

独り言《ひとりごと》のように呟《つぶや》き、さきほどの番頭を部屋に呼ぶなり、

「いますぐ丁稚を東両国の薬研堀に走らせなさい。委細承知、出来具合はそのつど報告、とだけ告げるのです」

ふたたび箕之助に視線を戻した。走り使いは番頭や手代よりも丁稚のほうが自然体なのだ。いますぐ出ればサチと前後するように薬研堀に到着しようか。

「大和屋さん。堀部弥兵衛さまがサチさまをお遣《つか》わしになり、しかも一つ間合いを置き、それがお手前さんだった理由、慥《しか》と胸にお置きくだされ」

商人らしい丁寧な口調だったが、武士以上の重みを感じさせる響きがあった。他言無用と言っているのだ。

「むろん」

箕之助は重々しく畳に両手をついた。

忠太夫との対話はそれだけであった。

「おや、もうお帰りで」

来たときには深刻な表情だった割には、早い帰りに番頭は首をかしげていた。

おもてに出た。箕之助は迷った。角を曲がり、橋を渡れば蓬萊屋である。だが、

(あとはすべて播磨屋さんに)

思い、赤羽橋には向かわなかった。忠太夫が店の番頭を呼んだとき、その表情には箕之助の端的な話にすべてを解した色が感じられたのだ。

しかし、

(おっと、田町八丁目に行く予定だったのだ)

忘れていたのを思い出したからではない。

「――日向さまにもご助力願えまいか」

と、サチは安兵衛の意思も伝えていたのだ。他言無用とはいえ、寅治郎には前もって伝えておかないわけにはいかない。足は三田の脇街道を札ノ辻の方向に向かった。急に空腹

を感じた。思えば昼飯がまだだったのだ。

「こりゃあほんとに舞ちゃんのところで摂《と》ることになったわい」

一人ごち、空腹に足を急がせた。腹のせいではなく、なぜか気が急《せ》くのである。播磨屋の忠太夫は目の前で丁稚への指示を出したごとく、すでに再度番頭を呼んで堀部弥兵衛の要請に応える具体的な算段に入っているかもしれない。

足は札ノ辻を過ぎ、本街道に入った。いまはちょうど旅装束の往来人が、北に向かうのと南に向かうのが半々くらいになる時間帯である。これから江戸府内に入る北向きの姿が徐々に増え、やがて太陽が西にかたむきかけたころ、街道に落とす影は北に歩む者ばかりとなる。

寅治郎は八丁目の舞の茶店にいた。箕之助が来たからといって舞が目を丸くするわけではない。田町の先まで挨拶まわりに出かけることもあり、そのときにはいつも舞の茶店に寄って喉を湿らせているのだ。

「ふーむ、剣術道場か。安兵衛どののがのう」

呟くように言い、

「あの御仁も、がむしゃらに走るだけでなく、ようやく腰を据えて事態を見つめるようになってくれたか」

舞が箕之助の分と一緒に出した茶を感慨深げに飲んだ。箕之助は街道の縁台に座った姿勢で、寅治郎の横顔を見つめた。視線は相変わらず往還に向けられたままである。朝、大和屋の玄関を出ようとしたときの思いがよみがえってきた。それを飲みこみ、

「日向さま。またご助力なさいますか」

訊いた。

「そりゃあ、向こうから求めてきたのだからのう。それにこたびは、数右《かずえ》も含めてあの御仁らの邪魔立てをするのではなく、正面切っての合力だからのう」

縁台に這《は》わせるような呟きが返ってきた。数右とは不破数右衛門である。寅治郎は数右衛門をいつもそう呼んでいる。数右衛門も寅治郎を、酒が入ったときなど〝寅《とら》〟と呼んでいるのを聞いたことがある。よほど通い合うものがあるのであろう。

「うむ。どんな形かは知らんが、気分いいわい」

寅治郎は湯呑みを一気に呷《あお》った。いまも目は往還に向けられている。

(なぜでございます)

やはり箕之助は訊きたかった。辻屋の件には率先して動き、浅野家に関しては出しゃばりの度を越して体を張ろうとするのである。寅治郎を動かすその背景が、

(知りたい)

自害した治平と堀部安兵衛や不破数右衛門に共通するのは、規模こそ違え、

――仇討ち

そのものである。あらためて箕之助の喉にその言葉が出かかった。

「はい、箕之助旦那。適当に見つくろってきました」

舞が奥から盆におにぎりと焼き蛤《はまぐり》を載せて出てきた。香りが縁台の周囲にただよう。往来人が足をとめ、

「ほう、焼き蛤もやっているのかね。わたしもひとつお茶と一緒にもらおうか」

旅衣装ではないが、商用ですこし遠出をしていたといった風情のお店者である。

「はーい、お一人さま」

舞は大きな声とともにまた奥に入った。

「そちらさまはおにぎりもですか」

となりの縁台に座ったお店者風は気さくに箕之助に声をかけてきた。

「はい。つい昼を食べそびれたものですから」

「ははは、お互い商いは忙しいものですねえ。けっこうなことで」

沿道の茶店ではよくある光景だ。

「商人はいいのう。毎日が息づいておる」

寅治郎も横合いから話に加わった。

その日、箕之助は疑念の解決を前に進めることはできなかった。

三

数日、箕之助はふたたび問いを口にする機会を得なかった。箕之助も寅治郎も、勉《つと》めて浅野家臣についての話題を避けていたのだ。気をゆるめればつい家臣の名が口に出ていずれの耳に入るやもしれないからだ。

だが、事態は動いていた。

サチが大和屋を訪れてから四日目の午《ひる》すぎだった。

「またお休みくださいませ」

店の前に大八車をとめ、腹ごしらえをした荷駄の人足二人を舞が街道に送り出し、街道に目をやった。

「あらあら、またあのご浪人さん」

軽く呟いた。深編笠に折り目のくずれた袴姿《はかますがた》が入ったのだ。だが大小だけはきちりと腰に収まっている。質素な身なりの浪人姿とはいえ、だらしなさは微塵《みじん》もない。この点は寅治郎と似ている。

「ほう」

寅治郎も舞の視線に合わせ、縁台から腰を上げた。ふところ手で悠然と街道を舞と寅治

郎のいる茶店に近づいてくる浪人に、近くの茶店の女たちが、

「旦那、たまにはこちらにも」

「鉄扇の旦那なら、さっきまでここだったんですけどねえ」

などと声をかけている。

「いずれのう」

「ほう、さようか」

などとその浪人者は気さくに返している。沿道の女たちにも、その風貌はときどき寅治郎を訪ねてくるご浪人のお仲間として知られている。浅野家断絶の前からの浪人であったから、不破数右衛門と名は知っていても、それを赤穂と結びつける者はいない。不破が元赤穂浪人と知っているのは舞だけである。とくにきょうは、不破数右衛門は周辺の女たちに愛想がいいように見える。

「いよう、どうした」

「どうしたもない。おぬし冷たいぞ、それがしに黙っていたとは」

数右衛門は深編笠をとり非難じみた口調をつくったが、表情は近ごろの秋空とおなじで晴れやかだった。

(思ったより事態は具体化しているのか)

数右衛門のようすに寅治郎は直感した。

きょう午前《ひるまえ》、

「——あるじが日向さまに一献差し上げたいと申しておりまして、できればこの夕刻、三田松本町にお越し願いたいのですが」

播磨屋の番頭が告げに来たのだ。そのときに、

(——播磨屋め、堀部弥兵衛どのと組んでなにやら仕掛けたようだのう)

寅治郎は感じたのである。そのすぐあとの、不破数右衛門の来訪だったのだ。

「黙っていたなど、おぬしのほうが詳しいのではないのか」

「おう」

言いながら茶店の背後を顎《あご》でしゃくった寅治郎に数右衛門は頷き、その背に従った。数右衛門が来たときはいつもこうである。裏手の草地のまばらな海岸近くに腰を下ろし、この間のみ、寅治郎の目は街道から離れる。数右衛門との会話に、相応の大事さを感じているのであろう。

「おやおや。来られた早々、もうこちらですか」

舞が草地まで湯呑みを載せた盆を持ってくる。

「舞ちゃん、世話になるのう」

と、きょうの数右衛門は舞にまで愛想がいい。

「いったいどうしたというのだ。早う話さんか」

寅治郎は潮騒《しおさい》の聞こえるなかに先を急かした。

「おぬしにもすでに話が行っているそうだのう。迷惑をかけ、相すまぬ」

数右衛門は話し出した。これには寅治郎は驚いた。堀部弥兵衛からの要請とは、街道の見張りを厳にしてもらいたいといった程度のことと予想していたのだ。それでも弥兵衛から依頼されるのは、寅治郎の浅野家臣に対する心情が的確に伝わっていることを示すものであり、心安らぐものであった。茶店の街並みが絶える田町九丁目の先には浅野内匠頭《たくみのかみ》が眠る泉岳寺《せんがくじ》があり、街道には浅野家臣の動向を探ろうとする上杉家や吉良家の家臣団が蠢《うごめ》いているかもしれない。それを見定めるのも重要な役割である。

だが、数右衛門の話は違った。

「安兵衛どのがなあ、本所に剣術道場を開くことになってのう」

「聞いておる」

箕之助からそれは伝わっている。

「ほう、それは重畳《ちょうじょう》。いよいよか」

得心する寅治郎に数右衛門はつづけた。場所は本所林町《はやしちょう》で、吉良邸が修理普請中の松坂町とはほんのひと走りの至近距離だという。そのような近くに剣術指南の道場などできれば吉良家は当然疑いをもって探りを入れ、そこへ吉良家にも顔の知られた安兵衛や郡兵衛が出入りしておれば、意図は明白となりいかような挑発を受け、かえって計画の頓挫ばかりかすべてを崩壊させられるかもしれない。それは容易に察せられる。

「そこでだ。道場が浅野家とは無縁のものであることを吉良方に印象づけるため、当面の道場主におぬしの名が上がっておる。弥兵衛どのの発案じゃが、わしは鼻が高いぞ。で、おぬしはこれについてどこまで承知しておるのだ。わしらを失望させせんでくれよなあ。おぬしならわしらの心情、分かってくれるであろうから」

「ふむ」

頷いたものの、そこまで浅野家家臣団の中に自分が踏み込むとは、予想外のことであった。箕之助から聞いた道場への助力というのも、せいぜいときおり顔を出して門弟に稽古をつけることくらいにしか思っていなかったのだ。頷いたのは、

(播磨屋が俺に話したいというのはそのことだったのか)

と、それへの得心だった。だが数右衛門は、

「ほう、納得してくれておるのか。ありがたい。そこでだ」

と、勝手に話を先に進めはじめた。

「おぬしが本所林町の道場に詰めておるあいだのう、それがしがここでおぬしの代役を務めることになっておる。弥兵衛どのの話では播磨屋がすべて段取りをつけてくれているらしい。ははは、よろしゅう頼むぞ」

足元の前方に押し寄せる波の音がひときわ大きく聞こえた。堀部弥兵衛と播磨屋忠太夫

の手際のよさに驚くよりも、

「いつからだ。で、どのくらいの期間だ」

寅治郎は問い返していた。

「いま、道場になる空き家を改装中らしくてな。あと四、五日で終わるそうな。それからだ。期限は知らぬが、十日から二十日も入ってもらえば大丈夫ではないかと弥兵衛どのは言っておいでじゃ」

「なんと、差し迫った。それに十日から二十日？」

「そうじゃ」

呆気《あつけ》にとられたような寅治郎の問いに、数右衛門は当然のように頷きを返した。当面を浅野とは無関係の道場と印象づけておけば、その後も道場のまわりを吉良家の家臣がうろついて探りを入れるなど、わざわざ怯《おび》えているようなようすを衆目にさらすことはあるまいとの読みが堀部弥兵衛にも安兵衛にも、もちろん数右衛門にもある。相手が対面を重んじる高家とあっては、この元浅野家臣らの見方は当たっているかもしれない。そこにも寅治郎は得心するものを感じた。数右衛門は上機嫌になり、言葉をつづけた。

「心配はいらぬ。おぬしの代わりにわしが街道を見張っておくで。見落としたりはせぬ、任せておけ」

「ふむ」

寅治郎は頷いていた。こんどは明確に承知の頷きである。数右衛門はますます饒舌《じょうぜつ》になった。

「実はそれがしにも街道に目を配る理由があってのう。吉良や上杉の密偵を追うのではない。お味方を迎えるのだ。上方《かみがた》においでのご家老が江戸に使者をお遣わしになることになってのう。それをここで待ちうけ」

「なに！」

ご家老とはもちろん大石内蔵助《おおいしくらのすけ》であり、その名は寅治郎も数右衛門からときおり聞いて知っている。

「――のんびりしたお方でのう」

と、数右衛門は以前言っていた。寅治郎は湯呑みを手にしたまま、上体を数右衛門のほうにねじった。数右衛門も、安兵衛や郡兵衛らに負けず劣らず急進派の一人なのだ。

「あはは、案ずるな。斬ろうというのではない。もっともご使者の用向きは、江戸組を跳ねっ返りなどと見なし、鎮《しず》めようとするところにあるらしいのだがな。ま、それを鄭重《ていちょう》にお迎えしようというのだから」

数右衛門が言ったのはそこまでである。

このとき江戸組急進派をなだめるため大石内蔵助が江戸おもてに派遣したのは、元鉄砲頭《かしら》三百石の原惣右衛門《はらそうえもん》を筆頭に、俳諧の道に造詣《ぞうけい》の深い元国絵図奉行二百石の潮田又之《うしおだまたの》丞《じょう》と、穏やかな性格の元祐筆頭《ゆうひつかしら》百石の中村勘助《なかむらかんすけ》であった。とくに原惣右衛門は五十四歳の高齢ながら内匠頭切腹のおり、堀部弥兵衛に請われて第二の使者として赤穂への早打駕籠《はやうちかご》に乗った人物であり、急進派を抑《おさ》えるには最適の配剤であった。

もちろん数右衛門はまだ誰が来るかは知らないが、顔を見れば分かる。それを街道で待ち受け、播磨屋へ入れるのが目的である。旅姿の武士が直接薬研堀の浪宅に草鞋《わらじ》を脱いだのでは、たちまち上杉か吉良方の目につくことになる。

「話はこれだけだ。計画に疎漏《そろう》を来たさぬよう、おぬしの意志を確かめておきたくてな。さ、おぬしも縁台に戻ってくれ」

数右衛門は腰を上げ、茶店のほうへ向かった。

「うむ」

寅治郎は頷いたまま、まだ草地に腰を下ろしたままだった。

「あらぁ、きょうはお早いお帰りで。日向の旦那と喧嘩でもなさったのですか」

一人で茶店に戻ってきた数右衛門に舞は目を丸め、笑いかけた。舞もなかなかの役者である。これまで安兵衛や数右衛門らの跳ね上がりを阻止する一端に動いたことなど、おくびにも出さない。

「あゝ。時には喧嘩もしたくなるが、こんどはそうでもなかったわい。おまえにも世話になったのう」

数右衛門はニッと笑い、縁台に置いていた深編笠をひょいとつまんで寅治郎とおなじ百《ひゃく》日髷《にちまげ》の頭にかぶり、街道のながれの中へ紛れていった。

「きょうはなんだったんでしょう」

舞は小さく呟き、裏手の海岸に首をまわすと、寅治郎はまだ草地に座ったまま海を見つめている。

「旦那ア」

呼ぶと、

「おう」

ようやく縁台に戻ってきた。それからも寅治郎は街道のながれを見つめたまま、なにやら考えこんでいるようだった。舞にすれば、

（またあたしたちの出番が）

胸躍らせるものを感じながらも、人前で浅野家の話を口にするのが禁忌《きんき》であることは、十分に心得ている。だからこそ、秘かに身も心も引き締まるのである。それが舞にとっては快感でもあった。

夕刻、寅治郎が播磨屋に訪《おとな》いを入れると、忠太夫は奥の間で膳を用意して待っていた。果たして話は昼間、数右衛門が話したとおりであった。しかも街道の用心棒を数右衛門と

暫時交替することについては、款《かん》を結んでいる田町七丁目から九丁目の茶店に対し、忠太夫が直々《じきじき》に挨拶を入れるというのである。寅治郎が街道の用心棒をするようになったのは口入屋の斡旋によるものではないが、茶汲み女を雇う茶店の多くはいずれかの口入屋の世話になっている。その元締めの播磨屋忠太夫が一軒一軒まわって挨拶を入れるのでは、零細な茶店のあるじたちは否応《いやおう》もない。恐縮するばかりである。それに代わりの浪人が不破数右衛門とあっては、知らぬお人ではないのだ。

（なんと用意周到なことよ）

ここでも寅治郎は播磨屋の手堅さに舌を巻いたものである。もちろん道場に転用できる空き家を探したのも播磨屋であった。赤穂の名をおもてに出すことなく、深川の同業をとおして本所松坂町の近辺を物色したのである。やることにそつがない。

（この手堅さ……安兵衛や郡兵衛、数右衛門たちにもあったなら、弥兵衛どのもそう苦労はされまいに）

感じられてくる。同時に、数右衛門が「のんびりしたお方」と言っていた赤穂藩国家老の大石内蔵助とは、

（播磨屋忠太夫が大小を差したようなお方か）

思われてくるのである。そこに寅治郎は、言い知れない親近感が込み上げてくるのを覚えていた。

その夜、芝二丁目の裏店に帰る寅治郎はほろ酔い機嫌であった。

箕之助が寅治郎からその件を聞かされたのは翌朝であった。夜明けごろいつものように舞が大和屋に朝の挨拶を入れて田町八丁目に向かったあと、寅治郎が昇りはじめた朝日を受けながらおなじ道をたどる。

「ごめん」

大和屋に立ち寄ったのだ。出てきた箕之助に、

「実はきのう」

と、不破数右衛門が田町八丁目に来たことと、自分が播磨屋に呼ばれたことを話した。

「えっ、そこまで！」

箕之助も驚き、奥から出てきた志江も小さな声を上げた。二人とも、サチが道場の話をしたとき、助力といっても寅治郎が感じたのとおなじようにときおり稽古をつけるくらいにしか思っていなかったのだ。箕之助はサチを迎えたとき以上に緊張感を覚えた。

（かくも浅野家の方々の信を得ることになっていたのか）

いまさらながらに思えてくる。寅治郎もきのう、縁台に座りなおしてからもその思いに包まれていたのである。箕之助と志江は店の板の間に正座を組み、寅治郎は三和土に立ったままである。

「日向さま。それでいかように」

箕之助は問いを入れた。答は分かっている。念のためだ。

「分かりきったことを訊くな。向こうは播磨屋も含め、儂《わし》に否《いな》のないことを前提に話を進めていたのではないか。ともかく、おぬしらにだけは知らせておこうと思うてな」

言うときびすを返した。

「あっ、待ってくださいまし」

箕之助は三和土に飛び下りた。

「なにかの」

「日向さまはなにゆえそこまで」

「分かるからよ、あの人らの心情がさ」

敷居の外で振り返った寅治郎は応え、ふたたびきびすを返し歩み出した。

——なにゆえ分かるのでございます
訊こうとしたときである。

「あら、日向の旦那。これからでございますか」

近所のかみさんが通りかかった。

「あゝ、精出して働かねばのう」

寅治郎はもう大和屋の前を離れていた。その背は街道への角を曲がった。

「おまえさま」

志江も外に出てきて、その背を見送っていた。箕之助が訊こうとしたのは、志江も最近とくに気になりはじめていたことなのだ。

動きはさらにあった。このほうに箕之助は仰天した。

陽は西にかたむいているものの、夕刻というにはまだ間のある時分だった。

「箕之助旦那！　箕之助旦那！」

留吉が大和屋の玄関口に飛び込んだ。重い道具箱を担いだままである。三田二丁目の普請場から走ってきたのか、顔にも首筋にも汗を噴き出している。

「どうしたね。あれ、道具箱など持って帰って。島原藩六万六千石の普請はもう終わったのかい？」

聞いていたのより早すぎる。ならば普請落成祝いの献残物買取りを急がねばならない。

箕之助は帳場格子の中で腰を上げた。

「そんなんじゃねえ。そうじゃねえんだよ。ともかく聞いてくれ」

留吉は道具箱を板の間に音を立てて置くなり崩れるようにその横へ座りこみ、上体を帳場のほうへよじった。その声に奥から出てきた志江が、

「まあまあ、お茶でも。お上がりなさいな」

言うのを手でさえぎり、

「吉良よ、吉良さまのお屋敷ですぜ」

　声を低め、

「いけねえ」

　下ろしたばかりの腰を上げ、開け放したままだった腰高障子を閉めてふたたび板の間に座って話し出した。けさがた寅治郎から道場の一件を聞いたばかりである。箕之助は「吉良」と聞いて帳場格子を立ち三和土の近くに腰を据えなおした。

「きょう昼めしのあとよ、普請場で俺が棟梁から庭の隅に呼ばれたと思ってくんねえ」

「思った。それで？」

「この普請場はもういいから、俺だけ他所《よそ》の棟梁の普請場へ助っ人に行ってくれと言いやがるのよ。ま、あちこちで普請が混み合っているときにはよくあることだがよ。それが、どこだと思う」

　留吉はようやくふところから手拭を引っ張り出して顔の汗を拭き、箕之助と志江の顔を交互にのぞきこんだ。

「まさか」

「そう、そのまさかなんでさあ。どう思いやすね」

　志江が言ったのへ留吉は返し、顔を箕之助に戻した。

「播磨屋さんが手配したのでは」

「そう、それなんでさあ。ここんところ、普請場に毎日のように播磨屋の番頭が棟梁を訪ねてきて、なにやらコソコソ話してやがった。きょうも番頭が来てよ、俺が棟梁に呼ばれたのはそのすぐあとよ」

播磨屋の番頭は留吉を指名したらしい。棟梁同士の助っ人の貸し借りで個人を指名するのは禁忌《きんき》である。誰を出すかは受けた側の棟梁が決める。それに先方の棟梁が留吉を知るはずがなく、指名は播磨屋忠太夫の采配としか思えない。

「――なぜですね」

当然そのとき、留吉は棟梁に質《ただ》した。

「――野暮なことを訊くな。ともかくおめえだ。吉良さまのお屋敷ともなりゃあ、内装に凝ったところもあろう。さっそくあしたからだ。しばらく深川に泊まりこみになろうかのう。ひと月もふた月もというのじゃない。向こうの人手の穴を埋めるだけだから。そうさなあ、四、五日くらいは深川の棟梁のところで飯を喰ってもらおうか」

留吉の棟梁は言ったという。

「それできょうは道具箱を」

「そういうことよ。四、五日くらいだけどさ。ともかくこんな話、ここにだけは話しておかなきゃと思ってよ」

留吉は手に握っていた手拭を肩にかけ、

「ちょっくら湯に行ってくらあ」

腰を上げた。道具箱は大和屋の板の間に置いたままである。留吉は敷居を外にまたぎ、うしろ手で障子戸を閉めた。箕之助と志江は顔を見合わせた。サチが吉良屋敷の改修普請には「いろいろな職人さんが出入りしているようです」と言ったのは、このことを播磨屋を通じて留吉の棟梁に求める謎かけだったようだ。播磨屋はそれを解し、弥兵衛の望みどおりに動いていたということになる。

「ちょっと播磨屋さんまで行ってくる」

箕之助は腰を上げ、障子戸の桟に手をかけ振り返った。

「日向さまと舞ちゃんを引きとめておいてくれ」

「はい」

志江は心配を刷《は》いた面持ちで返した。留吉は、敵中に入り込もうとしているのである。

やはり忠太夫の采配であった。

箕之助が播磨屋の奥に通されたとき、なんと部屋には蓬莱屋の仁兵衛が来ていた。忠太夫と差し向かいに座っていた仁兵衛は、

「箕之助、来ると思うておった」

小さな双眸をさらに細くし、達磨顔の忠太夫も頷きを見せた。

播磨屋忠太夫は留吉の棟梁に働きかけた。大掛かりな普請などのとき、いつも人足の手配を棟梁は播磨屋に頼っているのだ。ときには大八車の四、五台つきで何十人もの人足を必要とする場合もある。そうした注文に三田、芝、田町界隈で即座に応じられるのは播磨屋しかない。

「――吉良さまの普請場に人をひとり、送りこむ方途はございませんかね」

相談したのだ。江戸中の棟梁同士は競い合うなかにも独自の連絡網がある。献残屋とておなじである。古着屋や骨董商などもまたそうであろう。本所林町に道場への改築可能な空き家を見つけた忠太夫は、その普請を留吉の棟梁を通じて吉良屋敷の改築をしている深川の棟梁に依頼し、そこにできた大工の手薄を留吉の棟梁が埋めるという算段をとったのである。

「大和屋さん。このことを知っているのは堀部弥兵衛さまお一人にて、安兵衛さまやサチさまもご存知ないことゆえなあ」

念を押すように大柄の忠太夫はぎょろ目を箕之助に向けた。言われるまでもない。

「心得ております」

箕之助は返した。

「つまり、こうなってしもうたなあ。箕や」

仁兵衛はゆっくりとお茶をすすり、満足そうな口調で言った。

改築普請が終われば、高家とあれば当然かなりの献残物が動くはずだ。献残物も多量になれば、買取りは数軒の献残屋が集まって入《い》れ札《ふだ》でということになる。仁兵衛はそこに喰い込む手当てをしようとしているのだ。

「決まれば箕之助、おまえに行ってもらうことになるぞ」

言うからには、手立てはあるのだろう。改築後の吉良邸の中に入るのである。

「はあ」

箕之助は返した。一瞬、全身の血が泡立つのを覚えた。あの日のサチの訪れが、ここにまで進んだのだ。

「旦那さま、膳の用意ができました」

廊下に女中の声がした。

三膳だった。

箕之助は固辞した。

「日向さまと留吉さんがうちに来ますので」

と、言うのでは播磨屋とて引きとめられない。ならばと忠太夫は、

「大和屋さんと、それに日向さまと留吉さんには、分かっておいでのことと思いますが、くれぐれも自然体にて、と」

さらりと言い、女中に命じ一升徳利三本を用意し、供に丁稚を一人つけた。香りから、

上物であることが分かる。

陽はすでに落ちていた。大和屋の居間に、その酒の香がただよっている。

「ねえねえねえ、どういうことよ。いったいなにがどうなっているのよ。あたし一人が置き去り!?」

台所から熱燗《あつかん》を盆に載せ運んできたばかりの舞が言う。

「なに言ってるの。芝に残るのは舞ちゃん一人じゃないのよ。留吉さんも日向さまも留守となれば、しばらくうちから田町八丁目に通いなさいよ」

「うん、そうする。そうさせて」

舞は言うと箕之助にも視線を向けた。やはり心配なのだ。兄の留吉は脇役などではないどころか、〝敵地〟に一人となるのである。

「へへ。旦那がすぐ近くにいてくださるとなりゃあ、こいつは心強いぜ」

留吉は冗談を口にしても、目は笑っていなかった。

「おまえが失策《しくじ》っても俺はすぐには駈けつけられんぞ。おなじ本所といっても、松坂町と林町ではひとまたぎというわけではないからなあ。ともかく、いつもどおりに仕事をすることだな」

めずらしく寅治郎が留吉の湯呑みに徳利の酒を注いだ。

「こいつはどうも。分かっておりやすよ」

留吉は恐縮し、湯呑みを口に運んだ。寅治郎も干し、

「まったく予期せぬことじゃったわい」

音を立てて湯呑みを卓袱台に置いた。

一同はあらためて緊張を覚えた。

四

「どうですか、ちょっとお休みになっては」

舞は街道で声を上げている。暇なときには呼びこみをすることもあるが、客が縁台に座っていても始終動いている。

「どうしたの、舞ちゃん。いやに張り切って」

両どなりや向かいの同輩が声をかけるほどであった。

「舞、疲れるだけだぞ。すこしは落ち着け」

寅治郎が自分の座っている縁台のとなりを手で示した。

留吉が棟梁のつけた下職二人をつれ、深川に住みこんでからすでに五日が過ぎている。

毎日、本所松坂町の吉良邸に入っているのである。今夜から寅治郎も本所林町の道場に泊

まりこむことになっている。道場の改築が成ったのだ。林町にまわっていた大工たちが松坂町の吉良邸に戻るのだから、留吉は下職とともに帰ってくるかと思ったがそうはならなかった。

日向寅治郎と不破数右衛門の暫時交替の件で播磨屋忠太夫が手代をつれ、田町七丁目から九丁目に挨拶を入れたのはきのうのことであった。舞のいる茶店に入ったとき、

「——舞さん、心配だろうが」

と、忠太夫はそっと声をかけた。

「——向こうで重宝がられているようでなあ。実はきょう深川の棟梁から連絡があって、終わりが見えるまでいてもらいたい、と。留吉さんもそれを望んだらしい」

さらりと言ったのだ。横には寅治郎が立っていた。

「——ふむ。腰を据えているようですな」

「——そのようです。普段はおっちょこちょいに見えても、案外落ち着いたところがあるようで。あっ、これは舞さんの前で失礼」

寅治郎が脇から言ったのへ忠太夫は応え、舞にふたたび笑顔を向けたのだった。

だから舞はきょう、落ち着きを失っていたのだ。

「期間が長くなると焦りも消え、それだけ安全ということだ。案ずることはないぞ」

となりに腰かけた舞に、寅治郎は言った。

「――旦那ア。どこかで剣術指南されるんですって？　早く帰ってきてくださいねえ」

「――腕に覚えのある人って、あちこちから声がかかるんですねえ」

きのうもきょうも、近辺の女たちが寅治郎に声をかけていた。そのたびに寅治郎は言っていた。

「俺の代わりに来る男も強いぞ。それに、いいやつでなあ」

「そりゃあ分かってますけど」

女たちの声が返ってくる。道場の剣術師範に寅治郎が適任なら、寅治郎とおなじ百日髷の数右衛門もまた街道の用心棒に似合っている。

その日、かなり早めに田町の茶店を切り上げた寅治郎は本所林町に向かった。吹く風がしだいに冷たさを帯びてくるが、まだ秋晴れの空の高い日がつづいている。その太陽が西天の中ほどを占めている。

「おう、行ってくるぞ。舞が今夜からここに泊めてもらうと言っておったが、数右衛門ももう播磨屋に入ったかもしれんのう」

寅治郎は声だけ大和屋に入れ、ふたたび枝道を街道のほうへ向かった。奥にいた箕之助と志江が慌てて往還まで出てきて、

「お気をつけなさいまして」

その背を見送った。今夜から舞は芝二丁目の塒《ねぐら》に戻っても、留吉もいなければ寅治郎もいない。身近におなじ長屋の住人はいても、「吉良さまの屋敷に入っている兄が心配で」などとは言えない。心配をすこしでも紛らせることができるのは大和屋しかないのだ。不破数右衛門はしばらく播磨屋の人宿から田町に通うことになる。忠太夫は母屋に部屋を用意しようとしたのだが、

「――ははは。わしは欄間《らんま》などのある座敷より、すり切れ畳にぺらぺらの蒲団のほうが落ち着くでのう」

快活に笑ったものである。実際、浅野家断絶の五年も前から浪人だった数右衛門にはそうであった。

寅治郎が薬研堀の弥兵衛の浪宅にも寄らず両国橋を渡って本所林町に歩を踏んだのは、そろそろ陽が落ちかけた時分であった。

「ほう、なるほど道場の構えだわい」

頷《うなず》き、訪《おとな》いを入れた。道場では安兵衛が選んだ元赤穂藩士が六人、住込みの門弟として待っていた。最初から住込みの門弟がいるなど、すでに歴とした道場の体裁をととのえている。江戸詰めの藩士らで年齢は二十代から四十代とまちまちで、以前の俸禄も六両三人扶持の小禄から百五十石とさまざまだと事前に忠太夫から聞いている。道場にずらりと正座したのを見ると、そのとおりのようだ。名を横川勘平《よこかわかんぺい》、木村岡右衛門《きむらおかえもん》、毛利小平太《もうりこへいた》、小

山田庄左衛門《やまだしょうざえもん》、中村清右衛門《なかむらせいえもん》、鈴田重八《すずたじゅうはち》といった。安兵衛らの矛先《ほこさき》の前に立ちはだかって跳ね上がりを阻止したおり、一度ばかり一緒にいるのを見た顔もあるが、目立つ存在ではなかった。それらの六人を弥兵衛も安兵衛も、吉良方に面は割れていないと判断したのであろう。それぞれがかつての役職や俸禄を述べようとすると寅治郎は即座に、

「待たれい」

手で制し、

「そなたらはそれがしとおなじ浪人の身。いまさらかつての身分や俸禄など出して何になろう」

稽古場にながした言葉は、

「おう、日向どの」

「いやさ、ご師範どの」

と、これからしばらく一緒に住む門弟らの共感を得たようである。

道場は派手な柿落《こけらお》としや鏡開きなどはしなかったものの、翌日からさっそく入門者があった。いずれも通いで近辺の町人たちだった。商人や職人はむろん、百姓もいた。江戸城下から大川を越えた深川、本所一円はまだ新附《しんぷ》の地であったせいか、町衆や百姓衆にも意気のいいのが多いのだ。

順調にすべり出したなかに、安兵衛や高田郡兵衛らは道場に顔を出すのをひかえ、近く

にも姿を見せなかった。弥兵衛が厳に戒《いまし》めていたのである。

寅治郎は正面に座し、町人姿で通ってくる門弟たちの稽古振りに目を配っていた。

三日目であった。

(あれは)

目にとまった稽古人が一人いた。武士である住込みの門弟に稽古をつけてもらい、みずから打ち込まないまでも、毛利小平太や小山田庄左衛門らの打ち込む木刀の切っ先をつぎつぎと巧みに躱《かわ》しているのである。寅治郎は木刀を手に立ち上がった。

「ほう、おまえ。なかなかいい筋をしておるではないか」

横川勘平に稽古をつけてもらっているのへ声をかけた。男は手をとめた。毛利のときも小山田と向かい合っているときも、稽古をつけてもらっているというよりも巧みに相手の切っ先を躱しているのなど、お手並みを拝見といった風に見えたのだ。

「これまでどこかの町道場に通っておったのか。年季が入っているようだが」

「いえ、とんでもありやせん」

男は恐縮したように応じ、

「ただ、あっしは魚屋でござんして。どうも気が短《みじけ》えのか、あっちこっちで天秤棒を振り回すものでして」

「ふむ、天秤棒の喧嘩剣法か。おもしろい。俺が相手をしてやろう」

寅治郎は木刀を構えた。相手の打ち込みをつぎつぎと躱すのなど、喧嘩剣法で覚えられるものではないのだ。

「おっ、ご師範の先生直々《じきじき》にですかい」

男は身構えた。

(やはり)

寅治郎は感じた。斜め上段の喧嘩打ち込みの構えだが、天秤棒などではない正式に習った剣法の基礎が背景に窺《うかが》えた。

「ヤアーッ」

男が打ち込んできた切っ先はふらついていたが、わざとであることは明白だった。腰が定まり、足さばきが自在に動けるすべりを見せているのだ。寅治郎はその者の切っ先を撥《は》ね、

「ソレッ」

したたかに首筋を打ち据えた。さすがに男は防御から瞬時に攻撃へ移行した寅治郎の打ち込みは躱せなかったようだ。

「イテテテッ」

足をもつらせて倒れ込み、大げさに手で待ったをかけ、

「参りましたっ」

「うむ。励めよ」

寅治郎は元の座に戻った。

（魚屋などではない）

確信した。

しばし小休止の時間となった。男は木刀を右手に持ち、

「さすがは先生、かないませんや。いえね、あっしは」

親しげに話しかけてきた。町家の職人言葉を口にしているが、木刀を右手に持つなど敵意のないことを相手に示す武士の作法なのだ。

「ふむ」

寅治郎は頷き、話を聞く姿勢をとった。

「天秤棒を振り回しているとき、つい調子に乗ってお侍と渡り合い、むこう脛《ずね》をひっぱたいて一目散に逃げたことがあるんですが。そのときのお侍がもし先生のようなお方だったらとゾッといたしやしたぜ」

「ほう。むこう脛を打って逃げるとは、なかなか喧嘩剣法の作法にかなっているではないか」

「からかっちゃいけませんや。先生、見ればご浪人さまのようですが、ここの新しい道場の前にもどこかでご師範代などを？」

身元に問いを入れてきた。寅治郎は応えた。

「ははは。ついきのうまではな、町家の用心棒さ。東海道の田町七、八丁目あたりで〝鉄扇の旦那〟と訊《き》いてみろ」

作戦である。実際に訊《たず》ねる者があれば、舞か数右衛門が気づくであろう。すなわちそれは、道場に浅野家のにおいがないかどうか裏を取ろうとする行為に他ならない。

翌日である。男は道場に来ていたが、田町の街道筋にふらりと現われ茶店の縁台に腰を下ろした武士がいた。舞のいる八丁目からはまだ半丁（およそ五十米）ほども距離のある七丁目の縁台だったが、

(来おったな)

数右衛門は舞のいる店の向かい側の縁台に座っていた。

「――やあやあやあ。きょうからはしばらく俺が見ているでのう。よろしく頼むぞ」

と、初日から不破数右衛門はみずから沿道の茶汲み女たちに声をかけ、早々に街道の街並みに溶けこんでいた。そのようすも、寅治郎とおなじように場所を変えながらも街道の往来人を凝っと見つめるものであった。

「――なんと鉄扇の旦那とよう似てなさる」

と、茶店のあるじたちも数右衛門の用心棒ぶりに安堵を覚えていた。

縁台から街道を注視していなくとも、いずれも足早に歩く往来人や荷車のなかにあって、悠然と周囲を睥睨《へいげい》するように歩を進めている姿はかえって人の注意を引く。

(素人《しろうと》め)

数右衛門には思えた。探索に心得のある者なら、その場の雰囲気に溶けこみ、茶汲み女にものを訊《たず》ねるにもさりげなく縁台に座り、さらりと問いを入れるはずである。武士はあたりを見まわしてからようやく見定めたように一軒の茶店に近づき、立ったまま いかにもものを訊ねるように声をかけた。かぶっている編笠がまた、いかにも顔を隠すようでわざとらしい。笠をとって縁台に座ることもなく聞き終えるとふたたび身を街道に戻し、左右を睥睨しながら悠然と歩を進める。上杉家が細作《さいさく》を放ったのなら、それ相応の心得がある者を出し、こうも目立つ動作など見せないであろう。古来の作法指南がもっぱらの吉良家では、これまで他家と探り探られたりの緊張や領内での犯罪探索など、縁遠いものだったのであろう。

武士は旅装束の往来人や大八車に追い越されながら八丁目のほうへ向かっている。数右衛門は舞に目配せした。舞は頷き、盆を小脇におもてに立った。武士はゆっくりと近づいてきた。

「お侍さま。お茶などいかがでございましょう。こちらで休んでいかれては」

歩がまだとなりの店の前にあるときから、舞は呼びこみの声をかけた。

「うむ」

武士は頷くとわずかに編笠の前を上げ舞の立つ縁台に近づき、

「許せよ」

もったいぶったようすで腰を下ろし、向かいの浪人姿に目を配るようなようすで、

「茶を一杯所望《しょもう》したい」

編笠をかぶったままである。

（ますます見え透いておるな）

数右衛門は思い、無視するように往来のながれに目をながしつづけた。

舞が盆に湯呑みを載せて出てきた。

「これ娘御」

「あい」

舞は湯呑みを縁台に置きながら返した。

「ちとものを訊《き》くが。さきほどの女も肯是《こうぜ》しておったが、この界隈に〝鉄扇の旦那〟とか申す腕の立つ浪人が用心棒をしておったというのは誠《まこと》か」

「あゝ、その旦那なら確かに。それがなにか」

「いや、なんでもない。いつごろからかの、ここで用心棒を始めたのは」

「いつごろって、ずっと前からですよ」

武士の問いが浅野家断絶以前からか、その後からかを確かめようとしているのは、舞にも察しがつく。案の定であった。

「どのくらい前からかのう」

訊いてきた。舞は答えた。

「あの旦那、ここでいまのような秋を、もう二度ほども過ごしていらっしゃったでしょうかねえ。あたしたちもすっかり馴染んでいたのですが。お侍さま、あの旦那のお知り合いですか。だったら言っておいてくださいましな。早う戻ってきてくださいと」

「ふむ」

武士は頷き、

「向かいにも浪人がいるようじゃが、あれは？」

「あのお方も口入屋を通じて来られたご浪人さんで、前の方のお知り合いのようで、以前からときどき見えていましたから、あたしたち安心してるんでございますよ」

どの茶汲み女に訊いてもおなじ答が帰ってくるであろう。それを舞は意識して話している。街道を辻駕籠が二挺ほど、土ぼこりを上げ掛け声を競うように街道を江戸府内のほうへ駈けていった。武士の視界から数右衛門は消え、ふたたび見えた。数右衛門は駕籠の中をのぞきこんでいたようである。

「うむ。あの者もやはりここで秋を二度ほど？」

「はい」

確認するような口調に返事が得られると、武士は、

「邪魔した。いかほどか」

「はい、三文になります」

武士は湯呑みに一回しか口をつけぬまま五文ほどを置いて腰を上げ、来た方向へと引き返した。向かいの百日髷がにわか仕立てではなく、いかにも地に着いているせいかすべてに納得したようである。笠は取らずじまいだった。

武士のうしろ姿は七丁目のほうに小さくなり、ふたたび往還に出ていた女に声をかけ、また立ち話のあと、やがて見えなくなった。

数右衛門は腰を上げ、

「ははは。訊くだけ訊いて、来た道を引き返すなど、いかにも探索に来ましたと教えてくれているようだのう」

舞の茶店の縁台に場を変えた。

「はい、そのようで。旦那のことも訊いておりましたよ」

舞はさきほどの内容を低声《こごえ》で話した。

「ほほう。寅のやつめ、向こうでうまくやってくれているようだわい」

数右衛門は満足げな表情をつくった。

その後も、風体は町人風を扮《こしら》えているが、竹刀を持ったときの腰構えがいかにも武士と分かる者が数人、本所林町の道場の門をくぐった。いずれも交替するように二、三日で来なくなったが、寅治郎は毛利小平太らにあとを尾《つ》けさせた。いずれも改築普請中の吉良邸に消えていった。それらを相手に、吉良方に確実に名も腕も知られている堀部安兵衛や高田郡兵衛らが稽古をつけていたなら、即座に本所林町の道場が旧浅野家家臣団の出城であることが明らかになっていたであろう。

（ふむ。役に立っておるぞ）

寅治郎は、自分の存在が堀部弥兵衛や安兵衛らの期待に十分応えていることへの確信を深めた。

五

本所林町の道場師範の浪人者は浅野家臣ではなかった。それを確認したあと、田町七、八丁目の街道筋を探るように徘徊する武士の姿はなくなった。策は奏功《そうこう》したようだ。巧みに変装をした者が引きつづき聞き込みを入れるなどの能力が、吉良家にないことは弥兵衛たちも寅治郎も心得ている。

不破数右衛門は、街道で縁台に座っているだけの用心棒稼業に、

「寅は毎日こうしていたのか」

と、そろそろ飽きを感じはじめていた。街道を行く人や荷馬の影が長く尾を引きはじめた時分である。

「旦那？」

数右衛門の問いに、舞は語尾を上げて問い返した。暫時の代理である不破数右衛門も、寅治郎とおなじく街道の往来人を物色するように見つめている。それが浅野家臣の隠密裏の動きとは無関係のものであることを舞は知っている。舞が得体の知れない武士にも言ったように、寅治郎が縁台に座ったのは浅野家断絶よりもっと以前からなのだ。だが数右衛門はどういうわけか、それを踏襲している。

「ん？　なんだ」

数右衛門は問い返した。

「旦那も日向さまとおなじように街道の人をずっと見つめていらっしゃいますが、なにかあるんですか？」

舞は縁台の横に、盆を小脇に立っている。さいわい、数右衛門以外に座っている者はいなかった。

「おう、そのことよのう。寅治郎は言っていなかったか。人はそれぞれに人生を背負って

おる。だから行き交う見知らぬ人の顔を、その背景を連想しながら見ているのはおもしろい、と」

「それとおなじようなことを、確かに日向の旦那は言っておいででした。不破さまもおんなじなんですか？」

普段なら「うるさい」と一喝するかもしれない。だが数右衛門はいま、退屈を感じている。つい応じてしまった。

「おなじと言えばおなじようなものだが、頼まれてのう、找《さが》しておるのよ。寅が連想している背景の人物をなあ」

「えっ、連想している人？　じゃあやっぱり、日向さまは誰かお找しだったのですか？」

ふたたび問い返した舞に数右衛門は、

「うっ」

小さくしまったといったような呻きを洩らし、

「それにしてもよく通るのう。人も大八車も駕籠も」

話題を変えた。舞は、

「日向さまはいったい」

と、数右衛門の横に座りこもうとした。

「おっ、あれだ」

数右衛門は不意に声を上げ席を立った。舞は緊張し、数右衛門の視線を追った。品川宿方向である。旅衣装の往来人はほとんどが江戸府内へ入る向きになっている。数右衛門の視線はそれらに向けられていた。

「えっ、どの人」

舞は思わず盆を持ったまま背伸びをした。

「あれだ」

数右衛門が手を振ると、街道のながれのなかから、

「おっ、あれは！」

言っているらしく、一番若そうな武士が数右衛門に手を振りながら走り出てきた。一行は三人連れであった。

（これが日向さまの連想していた？）

舞はわけが分からなくなった。いずれも歴とした武士たちである。

「いよおう、おぬしらでござったか。弥兵衛どのに言われ、ここで待っておったのだ」

数右衛門は言う。

他の二人もすぐ追いついた。

「おゝ。これは、これは」

数右衛門はいかにも懐かしそうな表情になり、

「おうおう、そこもと。話には聞いておったが息災《そくさい》でなによりじゃ。で、そなたがなにゆえここに？」

老齢の武士が言う。

「わけは先方でお聞きくだされ。今宵はまず播磨屋へ。弥兵衛どのから言われ、それを御使者の方々に告げるべく待っておったのだ。あすからの按配《あんばい》は忠太夫どのが心得ておいでじゃ」

「ほうそれは助かる。今宵はいずれに泊るか思案していたところでのう」

もう一人が言う。

「ささ、早う。この先、すぐじゃ」

数右衛門は手で札ノ辻の方向を示した。播磨屋が元浅野家の日傭取頭であってみれば、場所は赤穂藩士には分かっているはずだ。

「ふむ、参ろう。ん？　おぬしは」

「だから、わけは播磨屋から。さあ、それがしはあとから」

老齢の武士が言ったのへ数右衛門はふたたび手で示し、札ノ辻への道をうながした。

「ならば」

三人はあらためて府内への方向に歩みを取った。ほんの一瞬のことである。舞は呆気にとられたまま縁台を勧める機会もなかった。ただ黙って三人の武士たちの背を見送った。

「旦那、いったい」

武士たちがその場を離れてからようやく、まだ見送っている数右衛門に問いかけた。

「聞くな」

これには数右衛門は毅然と返した。

「あっ」

舞は気がついた。赤穂の浅野家臣たちである。だがそれが堀部弥兵衛の要請で大石内蔵助が派遣した原惣右衛門、潮田又之丞、中村勘助であることなど知る由《よし》もない。舞は問いかけるのをやめ、

「旦那。あたしはそろそろ帰りの支度を」

自分から話題を変えた。

「うむ」

三人が見えなくなった街道を、数右衛門はまだ見つめていた。


「とまあ、そういうことなんですよ。不破さまったら」

外は暗くなりかけている。舞はもうすっかり大和屋の家族の一員のようになっている。いつもの居間で箕之助や志江と夕餉《ゆうげ》の卓袱台を囲むなかに話した。

「うーん。そりゃあその三人、赤穂のお侍方だろう。それよりも不破さまは確かに、日向

さまが誰かを找しているようなことを？」

「そう、そうなのよ」

舞は茶碗を持ったまま身を乗り出した。やはり念頭を離れないのだ。志江もさっきからそれを思っていたのか、

「気になります」

接ぎ穂を入れ、

「日向さまは札ノ辻の辻屋の件には率先して動かれたし、赤穂のことについてもことさらご熱心に……不破さまとのご関係からばかりとは思えません。その二つに共通していることといえば」

「……仇討ち」

箕之助が若干の間を置いてつないだ。

「え！　そんなら日向さまも仇討ちをっ。ならば街道では敵《かたき》找し？」

思わず舞は受けとめた。そう解釈すれば、日向寅治郎のこれまでの動きはすべて辻褄《つじつま》が合う。卓袱台の動きが一瞬凍りついたようにとまった。

ならば、敵とはいったい誰……。また、その背景は……。

分からない。寅治郎は言わないのだ。いまこの座の三人の脳裡を突然占めたのは、すべてが詮索だった。しかもその詮索の中身は、

——空白
であった。

「さあさあ、舞ちゃんもおまえさんも。せっかくあたためなおした味噌汁が冷めてしまいますよ」

志江が率先して箸を動かしはじめた。

「そうだな」

箕之助がそれにつづいた。この場でいくら考えても答の出てこないことは分かっているのだ。舞もつづいた。

「兄《あに》さん。きょうもヘマはやらなかったかしら」

箸を動かしながらポツリと言った。いまはやはり、最後はそこに行き着く。当然であろう。まかり間違えば命にかかわるのだ。

「大丈夫ですよう。棟梁も言ってらしたっていうじゃないの。留吉さん、案外落ち着いたところがあるって。あたしもそう思いますよ」

「ならいいんだけど」

部屋の中はすでに明かりが欲しいほどになっていた。

六

留吉は当初、

「――ほう、おめえさんかい。芝のほうから来た助っ人てえのは。ずいぶん若いじゃねえか。細工物が得意だと聞いていたから、もっと歳を喰っているのかと思ったぜ。ま、いいや。助っ人のお人らにやってもらうところは決まってるから」

と、配置されたのは、御長屋《おながや》の修築だった。母屋を取り囲むようにそれらは建てられ、どこの大名屋敷でも往還に面した部分はおよそ御長屋で固められている。家臣たちが住まう住居である。吉良家ではそれが修築どころか新たな建増しもされていた。

外部から入った助っ人職人は留吉だけではなかった。十数人はいたろうか。いずれも一人か二人の下職をつれてきている。それらが丸ごと御長屋のほうへまわされていた。無理もない。赤穂浪人の打ち込みが噂されている屋敷である。戦《いくさ》で城の本丸の構造が敵方に知られないようにするのは当たり前である。攻城側はあの手この手を使って城内のようすを探ろうとするはずだからだ。

その屋敷の改築を請け負った棟梁は、当然吉良方の信を置く者であるはずだ。だが急ぎの仕事である。手持ちの職人だけでは手が足りない。そうした場合にそなえて棟梁同士のあいだで職人の貸し借りがあるのだが、請負った棟梁が母屋の改築を緘口令《かんこうれい》の敷きやすい身内の職人で固めるのは自然のことだ。

播磨屋を通じて堀部弥兵衛が留吉に期待しているのは、すなわち吉良邸の構造への〝探り〟である。留吉の棟梁はそのようなことを口にすることはなかったが、播磨屋からの依頼であれば当然察しているはずである。腰元や中間《ちゅうげん》に化けて入りこみ、秘かに構造を絵図面に書き取るなど危険この上ない。大工なら柱や壁、廊下の配置を見て、それをあとから絵図面に描き起こすことはできる。しかも素人の目測と筆よりも正確なものができるはずだ。弥兵衛はそこに期待をかけているのだ。

母屋から遠ざけられていることに、留吉は焦らなかった。本丸である母屋から外されることは予期していたからである。御長屋に柱を立てながら、

（この部屋数なら、こりゃあすげえや。つめこみゃあ百人は寝泊りできそうだぜ）

秘かに十露盤《そろばん》をはじいていた。戦闘要員がそれだけ屋敷に常時待機できるということである。なにしろ東西に七十三間三尺（およそ百三十米）、南北に三十四間四尺（およそ六十三米）の広さで、その三方が御長屋で固められているのだ。

下職をつれているのが役に立った。母屋も外から見ればおよその構造は分かるが、やはり中を見たい。下職に金槌《かなづち》や手斧《ちょうな》などの大工道具を持たせ、板敷きなどの張替えをしている廊下に上がりこんだことがある。

「――おう、ここはおめえの持ち場じゃねえぜ」

当然、声をかけられる。

「――すまねえ。大《てえ》したお屋敷なもんでよ、床と敷居のつなぎや柱と板戸の当たり具合など、下職のガキどもに見せてやりてえと思ってよ。じゃまなら退散すらあよ」

返せばそこは職人同士である。

「――なに言ってやがる。見てえのはおめえのほうじゃねえのかい。見ていきねえ。さすがは吉良さまのお屋敷と俺たちも感心しているのよ」

返ってくる。

だが、何度もおなじ手は使えない。

そこへ舞いこんだのが、母屋への持ち場替えであった。林町の道場の修理普請が終わり、出張《でば》っていた大工たちが帰ってきたのだ。出ていたのはいずれも留吉とおなじ助っ人の職人たちだった。持ち場は当然御長屋となる。そこで留吉が御長屋から母屋にまわされたのである。込み入った仕事をそつなくこなす留吉の仕事ぶりが組頭《くみがしら》の目にとまったのだ。留吉は内心小躍りしたいのをこらえ、

「へい。ご用とあればどこなりとも」

応えたものである。深川の棟梁から留吉の棟梁に、終わりが見えるころまで借り受けたいと連絡があったのはこのときである。

留吉は現場の組頭の期待によく応えた。柱の数を増やし壁を補強する部屋では、

「いまある柱の具合をちょいと見てきやす」

と、下職をつれて縁の下にもぐりこんで体中を蜘蛛の巣だらけにし、天井板を張り替える部屋では、

「へい。あっしが裏っかわを嵌《は》め込みやしょう。おめえらも来い」

と、天井裏へ這い上がってはほこりに体中をまみれさせるのである。部屋を一つひとつ見なくとも、母屋全体の構造が見えてくる。

組頭は留吉のつれてきた下職に言っていた。二人ともまだ童顔である。

「おめえたちの兄貴はよくよく器用な男だのう。せいぜい見習うのだな」

「へえ」

下職たちはぴょこりと頭を下げていた。

そのような留吉でも、決して入れぬ場があった。母屋の奥まった一角で、むしろ裏門に近く、そこには棟梁が直接入り、従う大工も子飼いの者ばかりであった。

(ははあーん。あのあたりが上野介の寝所になるってえわけか)

留吉は見込みをつけた。構造は縁の下や天井裏からおよその見当はつけている。

大まかな改築が終わり、そろそろ左官や指物師《さしものし》が入って内装に仕事が集中しようかというころだった。外を吹く風はもう冬の木枯らしを感じさせている。

「きょうは上杉さまのお屋敷から出来具合を見に来られるそうな。時刻は分からぬが外も内も掃き清めておくのだ」

棟梁から達しがあった。午前のことだった。

「ほう。そういやあきょうは朝からお武家が大勢入ってきて、母屋じゃ腰元衆までちょろちょろ動いてやがるぜ」

「ならばきょうはちょいと手を休められるなあ」

大工たちが言うなかに、

「吉良さまがお越しになられるのですかい」

留吉は組頭に訊いた。

「おめえ、もう何日ここで仕事してやがる。そんなのここじゃ禁句になってることぐれえ分かってるだろ」

「へえ、これは迂闊《うかつ》なことを訊きやした。もっとも訊かれたって俺も知らねえがなあ」

組頭が言ったのへ、留吉は頭をかく仕草を見せ、

「庭に組んでいる足場はどうします。片付けやすかい」

問いを変えた。

その日のおなじころであった。林町の道場に町人姿の者が入った。裏の勝手口からであ

る。先日来から三田松本町の播磨屋に投宿している中村勘助であった。温厚な顔からお店者風の扮《こしら》えがけっこう似合っている。

上方から大石内蔵助に派遣された原惣右衛門ら三名は、不破数右衛門が街道で話したとおり播磨屋に入り、そこを拠点にもう何度か堀部弥兵衛の案内で安兵衛、高田郡兵衛、片岡源五右衛門ら江戸組急進派と会っている。弥兵衛は、使者に原惣右衛門が来たことを大いに喜んだものであった。

原惣右衛門を中心に三人は、

「――志ある者すべてがそろってでのうては意味を成さぬ。起《た》つのは一度のみ、仕損じは許されぬ。屋敷内の配置、吉良どのの所在を慥《しか》と把握してのち打ち込みをかける。そこにわれらの思いの丈《たけ》も晴らせるのではござらぬか。少数で先走るは、同志への裏切りともなりかね申さぬぞ」

言を尽くしていたのである。

この日も三人は堀部弥兵衛の浪宅に上がっていた。そこへ飯倉《いいくら》の上杉家中屋敷を見張っていた高田郡兵衛が走り込み、多数の武士に守られた権門駕籠の一行が屋敷を出て現在《いま》両国橋方面に向かっているとの知らせを入れたのである。弥兵衛は即座にお店者《たなもの》扮《こしら》えであった中村勘助に、林町の道場へ走ることを依頼したのだ。

中村の走ったあと、浪宅ではひと悶着あった。安兵衛も郡兵衛も、吉良邸の近くまで権門駕籠の一行を見に行くというのである。原惣右衛門らに何度も説得されているとはいえ、駕籠の一行にもし隙でもあれば、どのような不測の事態を二人は引き起こすか知れたものではない。

「ならぬ！」

弥兵衛の口調は厳しかった。安兵衛も引き下がってはいない。一案を出した。

「ならば、身共《みども》らはここに残ろう。なれど、原どのらが見に行かれる分には異存はござりますまい」

弥兵衛は反論できなかった。原も潮田又之丞も、吉良と思われる一行を見聞するのを望んだ。またとない機会である。両名は中村の戻ってくるのを待った。

その中村勘助が道場の裏手に日向寅治郎を呼び、

「弥兵衛どのの遣《つか》いでござる」

初対面ながらお店者風の武士言葉に、稽古着姿の寅治郎は威儀を正した。中村勘助は言った。

「きょうは夕刻まで、毛利小平太どのら門弟の方々を道場から一歩も外にお出しにならぬように、と」

その言葉に、寅治郎は吉良邸になんらかの動きのあることを悟った。

（留吉は大丈夫か）

思いながら寅治郎は返した。

「心得た」

中村勘助はすぐ薬研堀に引き返した。

午時分《ひる》であった。

「組頭は話が分かるぜ」

「そうともよ。昼は外でなにか喰ってこいと、小遣いまでくれたのだからなあ」

大工職人たちの多くは、それぞれの下職をつれて吉良邸の門を出た。当然そのなかには留吉もいる。

「へい。大工の留吉とその下職二名でございます」

普段なら六尺棒を持った中間が四人ほどで出入りの者に目を配っているのが、きょうは武士が二人そこに加わっていた。もちろん屋敷内にもいつもより武士の数は増えている。

「やっぱり、来るってえのは吉良さまご本人かねえ」

「内装にいろいろ注文をつけるんだろうよ」

留吉が言ったのへ、一緒に出た大工が返した。吉良邸の南面は通りを挟んで町家と接している。本所相生町《あいおいちょう》である。その往還を留吉たちの一群は食べ物屋のある両国橋のほうへ向かっていた。町家の米屋や干物屋、古着屋などは、吉良邸の厳《いかめ》しく殺風景な御長屋の壁と向かい合って暖簾を出している。どこの武家屋敷でも、町家と面した御長屋の壁には窓を設けない。ただ一面の壁である。もちろん防御の意味もあるが、そこに住まう若い武士たちが窓から町家をながめて遊び心をもよおしたり、夜鷹《よたか》の誘いに乗って夜に屋敷を抜け出したりするのを防ぐためでもある。

「あそこの内側の板壁は俺が張ったんだが、ああいうところには住みたくねえもんだぜ」

大工の一人が言った。留吉とおなじ外から入った助っ人職人のようだ。その声を聞いたのか、

「おう、おめえ。向かいのお屋敷に入ってたのかい」

町家の一軒から顔見知りらしい大工が一人出てきた。

「あれ、おめえこそそんなとこで何やってんだ」

見ればそこも改装普請をしていた。町家から出てきた大工は言った。

「見りゃあ分かるだろ。この貸店《かしだな》にこんど人が入ってよ、太物屋《ふとものや》を開くってんで改装してんのよ」

「はい、さようで」

大工のあとから揉み手をしながら出てきた前掛姿の男が、

「おまえさん方、お向かいのお屋敷に入ってなさる大工さんたちですね」

太物屋の改装をしている大工と話していた相手に声をかけた。

「あゝ、そうだが」

「なら、中はさぞ凝ってるんでございましょうねえ」

前掛姿の男は吉良邸御長屋の壁に視線を向けた。

（もしや）

留吉は思った。だが、知らぬ素振りをした。もとより留吉はその男の顔を知らない。弥兵衛が配置した、元浅野家臣で金奉行十石三人扶持だった前原伊助《まえはらいすけ》である。ずんぐりした体形に商人の前掛姿がよく似合っている。貸店は播磨屋が手配したものであることなども、留吉は知るはずがない。目に見えぬところで準備は着々と進んでいるのである。

「腹減ったぜ。行こう、行こう」

「おう」

留吉の仲間の大工がさえぎるように声を入れたのへ、他の大工が応じた。組頭から、助っ人の職人衆も普請の内容は外でしゃべるなと言われているのだ。

「うちに入っていただいている大工さんのお仲間なら、遠慮のう遊びに来てくださいな。お茶など用意しておきますで」

前原伊助こと前掛姿の男が言うのへ、留吉を含めた吉良家出入りの大工たちは無視するようにふたたび歩き出した。その目に、供の者を従えた恰幅《かっぷく》のいい老武士の歩いてくるのが入った。すぐ眼前といっていいほどの距離である。恰幅のいい武士は原惣衛門であり、供侍は潮田又之丞であり、道案内役の腰元姿はなんとサチであった。さらに出入りの商人風のようすで中村勘助が従っている。安兵衛や郡兵衛らなら留吉もすでに数回顔を合わせているが、この面々は知らない。箕之助がこの場にいたなら、サチを見て「アッ」と声を上げるのを思わず押さえたことであろう。だが留吉とて、いましがた前原伊助の前掛姿に感ずるものがあったように、腰元をまじえたこの四人連れにも直感するものがあった。

（へん、どうですい。あっしなんざ、おめえさんらが狙っていなさる敵陣のド真ん中に、いま入《へえ》っているんですぜ）

　留吉は誇りたいような気分になり、原惣右衛門ら四人連れのほうに視線をながした。四人はおそらくいま改装中の太物屋の前を、場所だけ確認しさりげなく通り過ぎるつもりであろう。小さな声でもすぐかけられそうな至近距離である。供侍の潮田又之丞とお店者風の中村勘助が留吉の視線に気づいたのか、それが吉良家出入りの大工とあっては、訝《いぶか》る目で視線を返し、すぐにそらせた。明らかに相手を意識した仕草であった。

（いけねえ。こんなの誰にも気づかれちゃならねえ。大工仲間にも）

　留吉も目をそらせた。その場に、緊張を含んだぎこちない雰囲気がながれたのを、大工仲間たちが気づくことはなかった。

　その往還へ前方の両国橋の方向から紺看板《こんかんばん》に梵天帯《ぼんてんおび》の中間《ちゅうげん》姿が駈けこんできた。すでに大工たちとも顔見知りになっている、いつも六尺棒を持って正面門に立っている吉良家

の中間である。道端に屋敷の大工衆がたむろしているのに気がついたのか、

「おおう、おまえさんら。上杉さまからのお駕籠がお着きだぞ」

声をかけ、手を脇へ脇へといったように振りながら一群の前をお屋敷正面門のほうへ駈けていった。先触《さきぶ》れのようだ。

「なんだ。こんなところで出くわしたのか」

「運が悪いぜ」

大工たちは言いながら町家側の軒端《のきば》に身を寄せた。

声は、原惣右衛門たちにも聞こえたはずである。四人は交互に顔を見合わせ、

「ここで合うとは！」

「落ち着け。手出しはならんぞ」

潮田又之丞が這わせた低声《こごえ》に原惣右衛門が返し、

「うむ」

お店者風の中村勘助が腰元のサチとともに、大工らとおなじ町家の軒端に身を引いた。

「さあ、お早く」

サチが原と潮田に小さく声をかけた。

もちろんそれらはすぐ近くの大工たちにも聞こえないほどの低声である。留吉も故意に
四人からは目をそらせている。だが留吉がその方向からピリピリと緊張感のただよってく

るのを感じたのは、先入観を持った者の気のせいとばかりは言えない。実際に潮田又之丞などは思わず腰の刀に手をかけて原惣右衛門に諫《いさ》められ、中村勘助はサチにつられて身を軒端に寄せるとき、足が緊張からか、かすかに震えていたのである。

「お駕籠を、ここで拝見いたしましょう」

サチが一番落ち着いているようだ。だが内心、

(もしこの場に、夫の安兵衛や高田郡兵衛さまもいらしたなら)

全身に鳥肌の立つのを禁じ得なかったのではないか。

前掛姿の前原伊助も、店の中から身を震わせながらおもてに全神経を投げているはずである。

行列はすぐに来た。大工たちは軽く会釈の姿勢をとり、原惣右衛門らは町家の軒端から凝っと見つめている。粛々《しゅくしゅく》と進んでくる。駕籠の前後は二十人ほどの武士団で固められていた。吉良家の家紋である五三《ごさん》ノ桐《きり》が駕籠の屋根に浮かび上がっている。踏み出せば数歩の眼前を過ぎるその家紋を見つめ、

「むむむっ」

潮田又之丞は臍《へそ》の前で両手を組んでいた。左手で右手を押さえ込んでいるのだ。

「静かに」

原惣右衛門は低声を潮田の耳元にながした。

中村勘助は沈黙している。だが、念頭に走らせているかもしれない。

(林町の道場に、毛利小平太らを抑えに行ったのではなく、呼びに行っていたのなら)

道場だけで人数は六人、ここに前原伊助も入れて四人、安兵衛に郡兵衛を加えれば十二人である。片岡源五右衛門らにも声をかければ即座に四、五人が追加されよう。駕籠の前後からではなく、手薄な横腹《よこばら》から襲いかかれば……。

(討てる)

衝動の高まるなかに、五三ノ桐は眼前を過ぎた。駕籠の左右は二名ずつの武士が歩くのみであった。武士団が過ぎ、十人ほどの中間が従っていた。それらの担ぐ挟箱《はさみばこ》に目をやった。そこに見える家紋は竹に雀……上杉家である。ということは、従っていた武士団の多くも上杉家の家士ということになる。上野介の身柄を預かっているうちは、赤穂浪人に指一本させぬとの気概を見せているのであろう。

通り過ぎた。

「ふーっ」

原惣右衛門が全身の力を抜くように、大きく息を吐いた。何事も起こらなかった、安堵の息のようであった。

すぐ近くで会釈の姿勢をとっていた大工たちは顔を上げた。

「行こうぜ」

仲間が声をかけ合い、ふたたび両国橋のほうへ歩みはじめた。留吉はチラと四人のほうへ視線を投げ、そこに安堵とも虚脱ともつかぬ気配がながれているのを感じた。他の大工たちも留吉がつれている二人の下職も、たまたま居合わせた他家の武士くらいにしか思わず、気にもとめていない。本所界隈に武家屋敷は多いのだ。

「とんだ道草だったぜ」

大工の一人がいまいましそうに言った。

「おう」

原惣右衛門らの一行も歩を進めた。改装中の太物屋の前を通った。中は薄暗いが、ホッとした表情がそこにあるのを四人は看《み》て取った。

前方の角をまがれば吉良邸の正門である。面々は黙したまま歩を進めている。歩みながら、サチがポツリと低声を入れた。

「察してやってくださいまし」

「うむ」

原惣右衛門が言葉の先を促すように頷いた。サチはつづけた。

「江戸にあっては、安兵衛らは毎日さきほどのような思いをしているのでございます」

「江戸にあっては……ですね」

うしろを歩いていた町人姿の中村勘助が、三人の背に低い声をかぶせた。

「の、ようですね」

潮田又之丞が頷きながら振り返り、中村勘助と目を合わせた。

四人は吉良邸の周辺をゆっくりとめぐり、来たときとは異なり永代橋《えいたいばし》を経て薬研堀に戻った。堀部弥兵衛が道案内に女のサチをつけたのは正解であったかもしれない。男ばかり三人とあっては、五三ノ桐の紋所の入った権門駕籠を前に、斬り込まないまでも切羽詰ったようすを見せて警護の武士たちに見咎《みとが》められ、詮議のため吉良邸に引かれていたかもしれない。そうなれば留吉とて黙って見過ごすわけにはいかない。おそらく林町の道場に走り、なんらかのひと騒動が起こり、太物屋も含め播磨屋忠太夫が苦心の末ととのえた舞台がすべて水泡に帰していたかもしれない。四人が薬研堀にゆっくりとした足取りで戻ったとき、サチが一番疲れたようすを見せていたという。

林町の道場ではこの日、

「オリャーッ。どうした！　まだまだ足りんぞ」

「なんのこれしき！」

住込みの門弟には夕刻まで通常より厳しい稽古がつづけられていた。武士か町人か分からない胡乱《うろん》な稽古人は、数日前からもう来なくなっている。家臣が田町七、八丁目まで出かけて以来、すっかり疑いを解いたのであろう。

「おおう。きょうは久しぶりに中休みができたが、ここの普請はいよいよ大詰めだぞ」

午後にはふたたび始まった普請のなかに、組頭は大工職人たちを叱咤していた。もちろんそのなかに留吉もいる。上野介は細部の注文をつけ、すでに上杉家の下屋敷か中屋敷に引き揚げたようだ。本所松坂町で何事も起こらなかったことに、

(へん。俺さまがここに陣取っているんだぜ)

留吉は秘かに自分の存在に自信を深め、

(あと少しだ。きょうみてえに慎重にならねばなあ)

胸中に言い聞かせ、

「ここに飾り棚を設けるんなら、壁の裏っかわも見なきゃなりませんぜ」

きわめて自然体に、できるだけ多くの部屋に足を踏み入れていた。

七

海浜に吹く風はますます冬の気配を帯び、街道に砂ぼこりを上げる日数が多くなっている。舞たちにとっては、

「んもう。また縁台、拭かなきゃならない」

と、一日に雑巾を手にする回数がめっきり増えている。その日も朝から冷たい風が吹いていた。

「あら、旦那。きょうもまたご機嫌よさそうですねえ」

「あゝ。風がのう、身を引き締めてくれるわい」

舞のいる茶店でほこり除けの深編み笠をとった不破数右衛門は、いつもなら常に獲物を狙っているような鋭い目つきを、きょうは朝から和《なご》ませていた。ここ数日、そのような日がつづいているのだ。四、五日前、七丁目の茶店で茶汲み女の手をつかまえ引き寄せようとした酔っ払いの馬子を、即座に裏手の海浜に引きずり出して潮水をしたたかに飲ませ、女たちの信頼を一挙に高めたのが原因などではない。なにかは分からぬが、最近意に沿うような大きなことがあったようだ。

「えっ、こんな風がですか?」

「さよう。もっと吹けば砂あらしになってますます引き締まってくるわい」

言いながら数右衛門は舞が拭いたばかりの縁台に腰を据えた。その視線は相変わらず街道のながれに向けられた。だが、きょうはおもに江戸府内から出てくる往来人に向けられていた。

「おっ。来た、来た」

と、数右衛門がわずかに腰を動かしたのは、朝の太陽もすっかり昇ったころであった。

「なにがですか」

舞もそのほうに顔を向けた。札ノ辻の方向である。

「あら、あのお方たち」

「よいよい。やつら、そのまま素通りするから」

また雑巾で縁台を拭きはじめた舞に、数右衛門は視線を街道からはずした。

三人連れの武士である。いずれも深編み笠をかぶっているが、舞にはあのときの武士とすぐに分かった。もちろん舞はその一行が本所の吉良邸の往還で、兄の留吉と出会っていることなど知らない。数右衛門が入府する三人をこの場で迎えたのは元禄十四年長月《ながつき》（九月）の中ごろで、いまはもう神無月《かんなづき》（十月）に入り数日を経ているから、半月以上も滞在していたことになる。

数右衛門は毎夜、三田松本町の播磨屋で三人と口角泡を飛ばしていたのだ。機嫌がいいのはそのせいであった。もとより大石内蔵助が三人を江戸に遣わしたのは、数右衛門も含め安兵衛らの江戸組急進派をなだめるためであった。だが情勢は変わった。三人が直接江戸の空気に接し、しかも吉良家の五三ノ桐の権門駕籠をほんの数歩の至近距離でながめたのでは、みずからも神経の昂《たか》ぶるのは抑え切れない。三人とも、現場でサチが言った言葉も身に染みたようである。昨夜、原惣右衛門は不破数右衛門に言ったのだった。

「——よう分かり申した。それがしからも大石どのに申し上げておこう。江戸ではいつでも準備はできており、もうこれ以上は待てぬ……と」

潮田又之丞と中村勘助も大きく頷いていた。もちろん堀部弥兵衛にも安兵衛にも、さらに高田郡兵衛や片岡源五右衛門らにも言った言葉である。弥兵衛もまた、本心は急進派なのだ。三人は大石の意を体して江戸に下ってきたものの、帰るときには逆に江戸組急進派の思いの丈《たけ》を大石に伝える使者となっていたのだ。その過程の一部始終を、おなじ屋根の下で見ていた播磨屋忠太夫は、

(大石さまの気苦労、かえって増えることになったのでは)

懸念を強めていた。だが反面、

(いかなる形になるかは知らぬが、これで壮図《そうと》決行の日は早まるのでは)

期待の込み上げるのも感じ取っていた。ならば、これまで三人の身近にあって、一日も早い打ち込みを最も熱心に説いてきた数右衛門などはことさら機嫌がよく、風雲を連想する砂あらしにさえ歓《よろこ》びを感じるはずである。

その日、街道の茶汲み女たちが懸念するほど風は強くならず、ときおり土ぼこりを上げる程度であった。

深編み笠の三人はしだいに近づき、数右衛門の座る茶店の前を通り過ぎた。歩を緩めることもなかった。ただ三人とも、深編み笠の中から目を数右衛門に向け、頷きを見せてい

るのが舞にも分かった。数右衛門もかすかに頷きを見せ、しばらくしてから見送るように首をまわした。三人は振り返ることもなく歩を進め、そのうしろ姿は他の往来人のなかに紛れ小さくなっていた。

「旦那ア、なんなんですか？　声もかけず」

「これでいい……これで」

独り言のように言う数右衛門に舞は、

「いいって、なにがです」

盆を小脇にかたわらへ立ったまま言う。

「つまりだ、寅治郎がここへ戻ってくる日が近いってことさ」

「えっ、日向の旦那が」

舞は嬉々とした声を上げ、

「いいえ、決してそんなんじゃ。不破さまもせっかくこの界隈に馴染んでいただいたのに。それがもうお別れとは残念で」

「ははは。短い期間だったが、けっこう楽しかったぞ」

「あら、旦那。もうお別れなんですか」

聞こえたのか、となりの店の女が歩み寄ってきた。

「ほう、おまえも寅が待ち遠しいか」

「いえ、そんな。あたしも舞ちゃんとおんなじですよう。ちょっと残念なような、そんな気持ちですよ」

と、その日のうちに話は七、八、九丁目にながれ、

「旦那、また来てくださいねえ」

声をかける女は多く、不破数右衛門の評判もけっこうよかったようだ。

「旦那」

夕刻近くである。寅治郎とおなじように飽きず街道の往来人に視線を投げている数右衛門に、舞はそっと訊いた。

「日向さまがお戻りになるんなら、うちの兄の留吉は……」

「そうさなあ、向こうは普請の進み具合によろうか。いずれにせよ、そう長くはないと思うぞ」

「ホント！　いつ？　あした、あさって？」

留吉と寅治郎がそれぞれ他所に泊まりこんで以来、舞は志江と箕之助に、

「――きょうは大丈夫だったかしら。あしたは……」

毎日のように口にしていたのだ。

――大工留吉ドノならびに下職二名をお返しできる目途《めど》がようやくつき申した

と、深川の棟梁から留吉の棟梁に連絡があったのは、寅治郎が本所林町の剣術道場から戻ってくるとの知らせよりも早かった。吉良邸の改築はおよそ完成し、あとは細かな内装ばかりとなったのである。

数右衛門が原惣右衛門らを街道でさりげなく見送った日の三日後だった。夕刻、留吉は播磨屋の奥座敷に入っていた。部屋にいるのは、留吉に数右衛門、それに堀部弥兵衛が木村岡《おか》右《え》衛門《もん》なる中年の武士を伴《ともな》って来ていた。元江戸詰めの絵図奉行である。国絵図奉行であった潮田又之丞同様、絵図面には精通している。

堀部弥兵衛と木村岡右衛門は、人通りの少ない増上寺裏手の往還を抜け、いちど蓬萊屋に入り、尾行のついていないことを確かめてから播磨屋に向かったのだった。赤羽橋を渡りながら弥兵衛は言ったものである。

「──蓬萊屋仁兵衛がこうもわしらを分かってくれて、しかも播磨屋のすぐ近くに暖簾を張っていてくれたとはのう」

「──まったく。他所にかような支援の者がいてくれたなど、知りませなんだ」

木村岡右衛門は返していた。

播磨屋の奥座敷では、あるじの忠太夫はみずから茶を運んだだけで、あとは遠慮していた。畳の上には半紙数枚分ほどの紙が広げられている。まだ白紙である。

「さあ、留吉ドノ」

墨をすり終えた木村岡右衛門はうながした。武士からドノつきで呼ばれ、留吉は面映《おもは》ゆそうに、

「まず外壁の長さは……、表門と裏門はここで他に勝手口はなく……」

話し出した。

「ふむふむ。で、御長屋の間口と部屋数は？」

と、木村岡右衛門は何度も質問をくり返しながら紙面に筆を走らせる。御長屋の位置と規模、それに庭の築山《つきやま》や池の所在から庭木まで、正確に書きこまれていく。

母屋に移った。部屋に明かりが欲しくなったころ、忠太夫がみずから手燭で行灯《あんどん》に火を入れに来た。

「では、ごゆるりと」

すぐに退散し、部屋の中央の絵図には故意に視線を投げなかった。

筆は進んだ。廊下の配置も部屋の位置も、そこが畳敷きか板敷きか、襖か板戸かも……なにしろ留吉は縁の下も天井裏も這っているのだ。大工が語り、元大名家の絵図奉行が筆を取っているのである。正確であった。各部屋の用途もおよそ見当がつく。

「うーむ。この一角の詳細が分からぬか」

「へえ、まあ。助っ人の者は入れてもらえなかったもんで」

横合いから口を入れた数右衛門に、留吉はすまなそうな口調を返した。

「それでよい。無理をせなんだゆえ、怪しまれずにここまで正確な絵図面を複製することができたのだ。吉良に感づかれぬことが、いまは最も大事じゃからのう。ようやってくれた。でかしたぞ、留吉」

「さようにござる。柱の位置が分かっておりますれば、部屋の配置も広さもかくのとおりで間違いはありますまい。おそらく吉良どのの寝所かと」

満足げに言った堀部弥兵衛に木村岡右衛門はつなぎ、数右衛門も「ふむ」と頷き、あとは一同の目がその不明な部分にそそがれた。それらの脳裡は、いま眼前に出来上がった図面の屋敷へ、打ち込んだときの光景を想起しているのであろうか。

「ほかになにか留意点は」

木村岡右衛門の問いに留吉は明言した。

「入れなかった部屋も含め、床下に穴があるとか隠し廊下があるなどといった、巷《ちまた》で噂されているような妙な細工の痕跡はないようです」

「ふむ。武者隠しや抜け穴などの絵空事はないと申すのじゃな」

堀部弥兵衛が言ったのへ、

「本所の屋敷は山間に築いた砦ではございませぬ。留意すべきは一面が他家との境にて、三面が家来たちの長屋にて固められているというところでございましょう」

木村岡右衛門は念を押すように言った。

「ふむ、それもまた難題じゃのう。まるで三面が石垣のようじゃや。ともかく、早うこの絵図を大石どのが……」

　采配はいつになるのか、そのときの一味同心の人数は……行灯一張《ひとはり》の明かりの中に、しばしの沈黙がながれた。

「あのう、あっしはちょいと播磨屋の番頭さんに。いえね、やりかけだった三田の普請場が気になりやして」

「おぉう、そうだった。そなたにはもうなんと礼を申してよいやら。まったく、このとおりじゃ」

　座をはずそうとした留吉に弥兵衛は頭を下げ、

「そのとおりだぞ、留吉」

　数右衛門がつづき、木村も深々と頭を垂れた。

「よ、よしてくだせえ。あっしはただ大工《でえく》なもんでやすから」

　武士三人から頭を下げられ、留吉は腰を引き、手の平を顔の前でひらひらと振り、かえって狼狽の態《てい》になった。

　留吉はその夜、播磨屋の用意した美酒に酔い、道具箱を肩に芝へ戻ったのは翌日午前《ひるまえ》であった。そのまま芝三丁目の大和屋に入った。箕之助は出かけていたが、

「まあ、留吉さん！　帰ってくること、播磨屋さんから聞いてはいたけど」

無事を喜ぶ志江を尻目に道具箱を大和屋の板の間に置いたまま、

「ともかく思いっきり手足を伸ばしてえんでさあ」

と、さっさと湯屋へ行ってしまった。そのまま夕刻近くまで帰ってこなかった。湯屋の二階に上がり、寝ては湯に浸かり、浸かっては寝てを存分にくり返していたのだ。田町八丁目から戻ってきた舞は、大和屋に留吉の道具箱があるのを見て、

「わっ、帰ってきたの！　五体満足で？」

言いながら居間に飛び込んだが、志江から湯に行ったまま、まだ戻っていないことを聞くと、

「ん、もう。そのままふやけてしまえばいい」

などとまた悪態をつきはじめた。

その夜、大和屋の居間では、

「留さん、張りつめた毎日だったろうねえ。わたしは内心、堀部さまや播磨屋さんを恨んだものだが、ともかく無事に戻ってこられてよかった。向こうでのようすは聞かないことにするよ」

箕之助は言ったものである。その任務の重大だったことを心得ているのだ。

八

芝二丁目の裏店に戻った留吉は、次の日も朝から湯屋に入り浸《びた》りだった。ともかくよく入り、よく寝た。播磨屋の番頭を通じて棟梁から二日ほど休んでもいいと言われていたのだが、

「へん、これ以上湯に浸かってたんじゃ体がふやけちまわあ」

と、翌日には三田二丁目の普請場に出た。

その日の仕事帰り、

「箕之助旦那、島原藩松平さまのお屋敷、あと四、五日で終わりそうだぜ」

と、それを告げに大和屋へ立ち寄り、そのまま居間に上がりこんでいた。そこへ舞が、

「帰るところを間違ったわけじゃないけど」

などと大和屋の玄関に声を入れ、そこに寅治郎も一緒だったのには箕之助も志江も、それに留吉まで、

「えぇ？　旦那ももう本所をお払い箱になったのですかい」

嬉しそうに目を丸めたものである。寅治郎は、舞に引っ張られるように袖をつかまれていた。

胡乱な稽古人が道場に来なくなったとの連絡を受けた安兵衛は、

「――ならば、あとは俺が」

と、一日も早い道場住まいを望んだ。東両国の薬研堀からでも両国橋を渡れば本所松坂町の吉良邸は近いが、さらに近く一歩でも至近距離に身を置きたかったのであろう。だが弥兵衛は用心深く、寅治郎に任せておくのを引き伸ばしていたのだ。

「――小山田や毛利らだけを吉良の近くに置いておくのはかえって危ない。それがしが参って引き締めておかねば」

詰め寄る安兵衛に弥兵衛は折れ、この日の道場主交替となったのだ。

「――くれぐれも、な」

「――おぬしの好意、無駄にはせぬぞ」

道場で言う寅治郎に安兵衛は慥《しか》と言っていた。だが安兵衛は、小山田庄左衛門や毛利小平太らが思わず一歩あとずさりするほど、いまにも門弟を引きつれて吉良邸に打ち込みそうな気概を全身に漲《みなぎ》らせていた。そこがかえって寅治郎には心配であった。両国橋を渡るとき、

（大丈夫かな）

思わず足をとめ振り返ったものである。だが浅野家家臣団の思いの丈が、具体化に向け着実に一歩進んだことだけは確実に感じ取っていた。

用心のため薬研堀の弥兵衛浪宅には寄らず、行ったときとおなじように東両国の広小路を素通りし、日本橋の方向に向かった。

浪人の気軽さか、ふところ手にふらりふらりとそのまま東海道の人混みを田町に向かった。田町七丁目に入ったのは太陽がかなり西にかたむいたころだった。

「――まあ、鉄扇の旦那」

「――やっとお帰りで」

あちこちからかかる声に八丁目の舞が気づき、

「――旦那っ、旦那！」

舞が駈けてきた。数右衛門は舞の店の向かいあたりの縁台に腰かけていた。

「――いよお。ようやく向こうを無事に解き放ちか、重畳《ちょうじょう》、重畳。ではそれがしはこれでのう」

浪人同士のせいもあろうか、あまりにも淡々としたあっけない交替ぶりが、舞も周辺の女たちもあるじらも拍子抜けするほどであった。

ただ、数右衛門が寅治郎の耳元に、

「――おぬしから聞いていた者どもな、見かけなんだ。それも重畳よ」

ささやくように言ったのを、舞は聞き逃していなかった。

寅治郎はその日は早仕舞いにし、こうして舞と一緒に田町から芝への帰路についたのである。帰りながら舞は、不破数右衛門がささやいた言葉の意味を質《ただ》したいのをこらえた。きょうはまっすぐ芝二丁目の塒《ねぐら》に帰るという寅治郎を、なかば無理やり大和屋に立ち寄らせたのは、それの代わりでもあった。

「留吉、無事でなによりだった。まさにおまえは敵陣で命がけ、案じておったぞ」

大和屋の居間に入るなり寅治郎は座すよりも開口一番、言ったものである。

きょう昼間、行商の婆さんが浅漬《あさづけ》を売りに来たのを志江が大量に買いこんでいたのがさいわいだった。冬を告げる味覚で、辛くて甘い大根のべったら漬である。酒の肴《さかな》には持ってこいだ。台所で舞がそれを切りながら顔だけ居間のほうへ向け、

「きょういきなり旦那が帰ってきて、さらっと不破さまと入れ替わるもんだからみんな驚いてた」

べったら漬は普通の沢庵《たくわん》より厚めに切るのがコツで、手元を見ていなくても無造作に切ることができる。

「ははは、なにがあっさりなものか。数右め、日当は忘れるな、日割りだぞ、とそれだけは忘れずにはっきり言っておったわい」

「旦那。不破さまがおっしゃったのは、それだけじゃないでしょう」

志江が卓袱台に熱燗の徳利を置くのと同時に、舞が厚めに切ったべったら漬を盛った皿

を運んできた。

「数右が？　なにを」

「あたし、聞きましたよ」

「だから、なにをだ」

志江がかたむけた徳利を湯呑みで受け、寅治郎は舞に訊き返した。箕之助も留吉も舞がなにを言い出したのかと、注目する態になった。

「不破さまも旦那とおんなじように、どこの縁台に座ってもじっと一日中、街道を行く人の顔をご覧になっていた」

舞は皿を卓袱台に置き、寅治郎の顔を見つめた。

「そりゃあおまえ」

寅治郎は熱燗の湯飲みを口に運び、

「前にも言ったろう。人はそれぞれに人生を背負い……。それに、あの仕事は普段それ以外にすることがないでのう」

「でしょうが、旦那。不破さまは正直なお方で、話してくださったんですよ」

「ん？　なにを」

寅治郎はようやく気になる顔つきになり、湯呑みを手にしたまま舞に視線を投げた。留吉がパリパリとべったら漬の軽快な音を立てはじめ、志江が気づいたように留吉の湯呑みにも徳利をかたむけた。箕之助は舞の言おうとしていることに気づいたようだ。舞と寅治郎へ交互に視線を向けた。舞はふたたび話しはじめた。

「不破さまは、旦那に頼まれて誰かを找している、と」

以前にもこの居間で、舞が話し箕之助と志江の三人で話題になったことなのだ。寅治郎は舞が、なかば強引に自分を大和屋へ誘った理由《わけ》を解したようだ。

「そうか、数右がのう」

残っていた湯呑みの酒を一気に呷り、

「それを聞いてどうする。人それぞれに……」

「さあさあ、もう一杯。お酒ならこの前の残りがまだありますから」

一瞬緊張のただよったなかに、志江が座を取り持つように声を入れ、また徳利を手に取った。口元をべったら漬の響きから酒をすする音に変えた留吉が、湯呑みを置き、

「で、舞よ。不破さまが言ったてえのはなんなんだい」

舞に顔を向けた。いつもは悪態をつき合っている兄妹だが、こういったときにはぴたりと呼吸が合うようだ。

「あいつは根が正直すぎるゆえのう」

寅治郎は呟くように言った。不破数右衛門が洩らした人找しというのを、肯是する口調であった。だが、ためらっている。そうした寅治郎の戸惑いのようすを見るのは、この場

の面々には初めてのことである。箕之助が舞を後押しするように声を入れた。

「日向さま。わたしたちは前から気づき、不思議に思っていたのですよ。いえ、わたしたちだけではありません。蓬萊屋の仁兵衛旦那も、それに播磨屋の忠太夫旦那も、みんなそうなのです」

湯呑みを口にあて、箕之助はつづけた。それはこれまでの思いを、機会を得て一気に吐き出すものであった。

「心配と言ってはおこがましいかもしれませんが、本当にそうなんです。辻屋の治平さんの件に関しても、とくに浅野さまのご家臣の方々については……。さっき日向さまは、留さんを命がけとおっしゃいましたが、これまでずっと日向さまご自身がそうだったじゃありませんか。知りたいのですよ、わたしたちは。これまで訊かなかったのは、訊いてはいけないのかと遠慮していたからなのです。ですがわたしたちはもう、一緒に吉良さまを討つ……ですか……人知れず、そこに関わってしまっているのではありませんか。これからも心置きなく、わたしたちが日向さまとおつき合い願うためにも」

箕之助の真剣な言葉に、

「うーむ」

寅治郎は唸り、

「そこまで、思うておったのか」

「そう。思っておりましたよ。辻屋さんもそうでしたが、浅野さまのご一統も……仇討ちでございますよねえ」

志江がつないだ。追い詰め、返答を引き出すためではない。寅治郎に舞台を設け、話しやすいようにするための誘い水である。

「それはなあ、言うたであろう。人にはそれぞれ……」

「だから、あたしたちは日向さまにも……おなじようなことが、と」

志江はさりげなく寅治郎の湯呑みに徳利をかたむけた。半分しかなかった。

「あら、ごめんなさい。もう一度、燗を」

「あたしが」

志江が腰を上げかけたのへ、舞がさきに徳利をつまんで台所に立った。その動きへ紛れるように寅治郎は口を動かした。箕之助の言葉と、志江の用意した舞台が誘い出したのであろう。もちろん、普段はおっちょこちょいの留吉が、誰にもまさる役目を粛々と果たしたことも影響していよう。

「あった……似たようなことが」

と。

「えっ！　じゃあやっぱり旦那も敵《かたき》を求めて！」

留吉が手にしていた湯呑みに音を立てた。果たして辻褄が合うのだ。

「いや。だから言ったろう、似たようなことが、と」

居間の中はまだ明かりがいるほどではない。寅治郎は半分しか入らなかった湯呑みを干し、

「武家とはのう」

ふたたび口を開いた。

「ひとたび敵を追わねばならぬ身となれば、対手《あいて》を討ち果たすまでは帰参を許されず、ただ十年、二十年と各地をさまよい、身も心もすり減らし、やがてはいずれかの地で人からも忘れ去られ、朽ち果てる」

「話には聞きますが、惨《むご》いものでございますねえ」

志江が口を入れた。その憐れな人生を、志江はいま、寅治郎と重ね合わせている。もちろん、箕之助も留吉もそうである。舞も台所で燗をしながら、顔だけ無言で居間のほうに向けている。

「だからだ」

それらの視線を受けながら、寅治郎はつづけた。低く、響くような声であった。

「その蟻《あり》地獄から一日も早う救ってやろうと思うてのう。俺は毎日その者が街道を通らぬかと、找しておるのよ。この身をさらして」

「えっ。それではまさか、日向さまのほうが敵！」

箕之助が吐くように出した声に、

「さよう、もう十年になる。最初は命が惜しくて逃げたものだが。いまは討たれてやろうと思うてのう」

「そんなあ！　アチチ」

舞が思わず熱燗の徳利を素手でつかんだ。

「まあまあ。舞ちゃん、ゆっくりお盆に載せて持ってきて」

沈黙に包まれるよりも先に志江が間合いを埋めた。箕之助が応じた。

「不破さまは、もしその対手とやらを見つけておられたなら、黙っておられたでしょうねえ。だから見つけられなかったのを重畳と」

「いいことがある」

舞も台所から口を入れた。

「みんなでその対手さん、返り討ちにすればいいのよ」

「ふふ。だから俺は、この話はしたくなかったのだ。まわりを巻き込んではならぬと思うてな」

寅治郎は苦笑いを見せ、つけ加えるようにぼそりと言った。

「だから分かるのよ、俺にはなあ」

その短い言葉に、箕之助はハッとした。寅治郎が「分かる」と言ったのは、討つ者の心情が……である。思えばこのほうにこそ、辻褄が合う。

留吉がいきなり言った。

「ですが旦那、どうしてそんなことに。旦那のことですから、なにか深い理由《わけ》がおありだったんでがしょう。いってえ、どんな」

「さあさ、留吉さん。熱燗がまた入りましたよ」

志江が割って入った。ちょうどおりよく舞が盆を運んできたのだ。

(いま、そこまで聞くべきではない)

思ったのだ。

(そのうち、日向さまがみずから話されるときが……)

思われてくるのである。

「そうですよ。理由は理由として、不破さまとわたしたちはおなじでございますよ。死なせない……ということで。もちろん、吉良さまは別ですが」

箕之助がつなぎ、志江はさらに言った。

「ともかく、きょうは嬉しゅうございます。浅野さまご家中の件とおなじで、他には言えないことをあたしたちはまた共有したのでございますから」

「そう、そうなるわ」

舞が同調し、盆から器用に熱い徳利を卓袱台の上に置いた。

「そういうことになるかなあ」

留吉が空になった湯呑みがふたたび満たされるのを待つように、べったら漬にまた軽快な音を立てはじめた。

「あら、もうこんなに暗くなって」

志江は行灯に火を入れようと腰を上げた。

「ところで、留さん。島原藩松平さまの中屋敷、あと四、五日で柿落《こけらお》としというのは間違いないだろうねえ」

箕之助は話題を変えた。柿とは木屑《きくず》のことで、柿落としとは普請の落成を意味する。献残屋にとっては大事なことである。

「そうともよ。最後の仕上げには俺がいなくちゃなあ」

留吉が胸を張ったのを照らすように、行灯に火が入った。

悋《りん》気《き》構《こう》の女

一

「こんな日、舞ちゃんたち大変でしょうねえ」

午《ひる》を過ぎたばかりというのに、志江は店場の板の間や廊下に朝から三度目の雑巾《ぞうきん》がけを済ませ、からげて帯にはさんでいた着物の裾《すそ》をもとに戻した。

「だろうねえ。目も開けておられないくらいだったから」

箕之助は外から帰ってきたばかりだ。玄関口を入る前に腰高障子の外で羽織のほこりを払い、笠もとってバタバタと砂ぼこりを落としていた。こうした風の強い日など、女は外に出るのをひかえている。手拭で頭を覆《おお》っても髷《まげ》が砂だらけになるからだ。箕之助も志江も一瞬、砂あらしに「身も心も引き締まる」と言っていた不破数右衛門の風貌をふと脳裡によぎらせたが、二人とも敢えてそれを話題に乗せることはなかった。自分から求めなくても、仁兵衛が常に戒めるように、献残屋はついつい他所《よそ》さまの奥向きに踏み入ってしまうことが多い。それよりも箕之助や志江にとっては、まずは当面の商いである。

「で、どうでした。松平さまのお屋敷は」

志江は足洗いの水桶《みずおけ》を三和土《たたき》に降ろした。留吉から三田二丁目の松平屋敷の修理普請はきょうにも柿落《こけらお》としと聞いていたからだ。

「それがあしたになったよ。柿を落としてもほこりをかぶったんじゃなんにもならないからと棟梁は言ってなさった」

言いながら箕之助は足を洗い、拭き掃除を終えたばかりの板の間に上がった。

「ともかくお屋敷のご用人さまと話はつき、元手の件で蓬莱屋にも寄って仁兵衛旦那に相談もしてきた」

「まあ、それでこんなに遅くなったんですか。昼は？」

「あゝ。温次郎さんも嘉吉どんも店にいて、向こうでよばれてきた。悪いねえ。だけど、となりの増上寺の樹林がザワザワ鳴るのを聞きながら昼を食べるのも懐かしかったよ」

箕之助は志江の出した前掛を締め、帳場格子の文机の前に腰を下ろした。表情から、商いは順調に進んでいることが察せられる。

「――日が決まれば、わたしも大八車を牽《ひ》いて参じますよ」

手代の嘉吉は中食《ちゅうじき》を囲みながら言っていた。なにしろ六万六千石の中屋敷である。奥の修理普請とはいえ、柿落としには相応の献残物が寄せられるはずだ。箕之助はうまく商いに喰いこんだが、零細な大和屋だけでは対応しきれない。

「さあ、これからしばらくは買い取った品の営業にまわらなきゃあ」

箕之助は文机の上の帳簿を開いた。

「じゃあお茶でも淹《い》れてきますから」

雑巾を手に廊下を奥へ入ろうとした志江は、

「あら？」

玄関に振り返った。箕之助も帳場格子の中から顔を上げた。風の音に混じって腰高障子が開き、

「見て、見て。あたし、きな粉もち」

風とともに舞の声が入ってきた。

「おう」

箕之助は開いた帳簿を思わず手で押さえた。

「舞ちゃん、早く。閉めて、閉めて」

「だって」

舞は三和土に入れた足を引き、障子戸を細く開けたまま外で着物を派手にはたき、頭に載せていた手拭も強く振った。なるほど全身に砂ぼこりをきな粉もちのようにかぶっていた。田町八丁目から歩いてきたのではそうもなろう。ほこりを払い落としてから、あらた

めて三和土に立ち、

「この風じゃ商売にならないので、お店の縁台、もうかたづけたの」

上がり框《かまち》に腰を下ろし、

「わっ、冷たい」

水桶で足を洗いはじめた。雨の日や風の強い日は、街道の往来人は極端に減る。そうしたとき、沿道の茶店は互いに順番を決めて店を閉じるのだ。もちろん風がさらに強くなれば順番には関係なくほとんどが閉じてしまう。人の往来もさることながら、火を扱う仕事は雨よりも風のほうに敏感なのだ。

「きょうはね、だから朝から煮たり焼いたりするのは何も仕入れなかったのよ」

舞は言う。

「じゃあ、日向さまは？」

志江はふたたび上がり框のほうへ出てその場に座りこみ、舞に雑巾をわたした。舞は足を拭き終わるとそのまま顔を上げ、

「まだ開けている店もあるし、それに……」

言葉を切った。

「それに？」

志江は誘い水を入れた。箕之助も帳場格子の中から舞に目を向けている。答はおよそ見

当がつく。

「街道を通る人がいなくなったわけじゃないからって」

「やはり」

舞の言葉に志江は頷き、帳場格子のほうへチラと視線を向けた。箕之助は凝《じ》っと舞のほうを見ていた。

寅治郎が、敵《かたき》を追う者を、

「――蟻地獄から一日も早う救ってやろうと思うて……」

言ったのは、つい三、四日前のことなのだ。衝撃だった。寅治郎は毎日、死に場所を求めて街道の茶店の縁台に座っていたのだ。

おとといだったか、

「――あたしがそんなことさせるものですか」

帰りに大和屋に立ち寄った舞は言っていた。もしそのような場面になったなら、

「――あたしがワアワア騒いで沿道の茶店の女たち総出で対手《あいて》を押さえ込んでやる」

声を強めたものである。箕之助も志江も笑えなかった。言った舞も、それで済むものでないことなど承知の上なのだ。ただ、心情を吐露したのである。

「ま、きょうはこんな日だし。心配ないわ」

舞は乱れた鬢をかき上げ、

「それよりも、これから湯に行こうと思って。お姐さんどうかしらと寄ってみたの」

「そりゃいい。行っておいで、行っておいで」

志江が応《こた》えるよりも先に帳場格子から箕之助が応じ、

「わたしもきょうはもう出かけないし、お客も来ないだろうから」

「ほら、お姐さん。旦那さまもあのように言っておいでだから」

舞は志江をうながすように腰を動かした。

「そうね。じゃあうちの人の言葉に甘えて。ちょっと待ってね」

奥に入ると手拭と赤い布の糠袋《ぬかぶくろ》を持って出てきた。

「舞ちゃんも湯屋へ行く前に部屋の掃除しておきなさいよ。手伝ってあげるから。どうせ糠袋取りに長屋へ一度帰らなきゃならないんでしょう。ついでに日向さまの部屋も。きっと砂だらけになっていると思う」

言いながら三和土に下りた。

「そりゃありがたいけど、いま掃除しても夕方にはまた砂が」

舞は遠慮気味に言ってから腰高障子を引き開け、

「わっ。風、弱まっている」

志江に振り返った。志江は微笑み、頷きを返した。ひところより風はやわらぎ、まだほこりは立つものの砂塵《さじん》を巻き上げるほどではなくなっていた。部屋の掃除をしておくにはちょうどいい具合である。

「部屋の掃除を済ませたら、ゆっくり浸かってきな。ついでに仕事になるような噂でもあれば拾っておいてくれ」

箕之助は二人を送り出した。舞の座っていたところがザラついている。どおりで板の間にも居間にも上がらなかったはずである。

送り出したあと、

「さあて、わたしもあとから噂集めに行くか」

文机に向かって座りなおし、独《ひと》り呟《つぶや》いた。湯屋は町の噂を集める貴重な場なのだ。とくに冠婚葬祭などの話は湯屋が最も早く、ときにはそれにまつわる裏話まで耳にすることがある。食べ物屋などでは、そこでながされる旨《うま》いものの番付のような噂に乗るのは大事なことで、かつて寅治郎が脇道に旨い蕎麦屋ができたと辻屋の存在を知ったのも、湯屋での噂からだった。

(なにやら聞けそうな)

近いうちに島原藩松平家中屋敷から入る献残物の商いを思い、捌《さば》き先に結びつく話のあることに期待を寄せながらも、

(商いになっても、揉め事に巻き込まれるようなものであっては困るが)

警戒するというよりも、このとき不吉な思いがフッと脳裡をながれた。

た。

（いかん。余計な考えすぎは）

まだ聞こえる風の音のなかに、箕之助は不吉さを払いのけ、仁兵衛の戒めを思い起こした。

二

どの湯屋も日の出とともに釜《かま》に火を入れ、朝五ツ（およそ午前八時）ころには営業をはじめ、宵《よい》の五ツ（およそ午後八時）時分に湯を落とす。もちろん男女入込《いりこ》みだが、およその棲《す》み分けはうまくできている。朝の慌しいひとときが過ぎたあとと、昼のかたづけが終わった時分あたりが女客で混み合う時間帯である。舞が志江を誘ったのは、これからちょうど女の時間帯がはじまるころ合いだったのだ。

当然、その時間帯に男客が来ないわけではない。きょうのように風の強い日は湯屋の稼ぎ時で、どの時間帯にかかわらず、

「おうっ、ひとっ風呂」

と、飛びこんでくる職人や行商人は多い。入浴料もせいぜい沿道の茶店のお茶二杯分ほどの六文から八文くらいだから、一日に三、四度入るのも珍しくない。子供はその半額で串団子一本ほどの値段である。

男女入込みといっても、湯舟《ゆぶね》は湯が逃げないように天井から床の近くまで板壁を下ろした柘榴口《ざくろぐち》をくぐって入るのだから昼間でも暗く、かろうじて人形《ひとがた》が見える程度で先客がいても声を聞かなければ男女の区別もつかないほどである。男が間違ってどこかのおかみさんの尻や胸に指先でも触れようものなら、金切り声とともに頭から熱湯をぶっかけられ、帰りに髪結床《かみゆいどこ》に寄って余計な出費をしなければならない羽目になるのがオチである。洗い場や脱衣場はそれほど暗くはないものの、若い娘などは母親や婆さんの陰にいて男が近づくこともできない。居合わせたのが生きのいい町娘たちの三、四人連れだったりすれば、目が合っただけでも大声で、

「わっ、あの人。いやらしい」

「ほんとだ。見てる」

などと痴漢呼ばわりされ、翌日から町内を歩くにも恥ずかしい思いをしなければならない。ともかく湯屋で気を遣《つか》うのは男のほうなのだ。ちなみに湯屋の男女入込みが御停止《ごちょうじ》になったのは、この物語の元禄期より八、九十年後の寛政《かんせい》の改革のときである。

「わあ、なにもかも砂だらけ」

「ね、やっぱり先に掃除しておいたほうがいいのよ」

と、舞と志江が風の弱まったなかに、昼間はいつも無人の寅治郎の部屋も合わせて砂を

掃き出し雑巾がけをし、舞も糠袋を持って湯屋へ向かったのは、陽もまだ中天を出ていない時分であった。糠袋は餅米《もちごめ》の糠が入っており、これで体をこすれば美肌効果は高く、舞のようにいつも吹きさらしの中にいる娘にとってはとくに必需品である。田町八丁目の店にも自分用のを一つ置いており、なぜか赤い布で縫ったのが多い。

湯屋は芝一丁目のほうへ行った。長屋から一番近い芝二丁目の湯は、前まで行くと荷運び人夫のようなのが五、六人ドヤドヤと入っていったので、

「混み合いそうね。風も弱まっていることだし」

と、大和屋の三丁目からは遠くなるが、一丁目のほうへ足を伸ばしたのだ。

一丁目の湯もやはり混んでいた。

「でも、こっちに来てよかったわね」

と、志江が言ったように、ほとんど女客で男といえば町内のご隠居さんが二人ほど来ているだけだった。

さっそく帯を解き、糠袋と手拭で器用に前を隠し、柘榴口に向かった。すでに洗い場にも女たちの嬌声が満ちていた。さまざまな噂話に余念がない。来ているのは町内の者ばかりで、それこそ裸のつき合いである。

「ちょいとごめんなさんして」

洗い場を過ぎ志江が柘榴口をくぐって先客に声をかけ、舞もそのあとにつづいた。あと

からの者が先客に断りを入れるのは、混み合っているときの湯屋の作法である。

「あいよ」

と、先客は入り口のほうから順に奥へ奥へと詰めていく。そこはもう世俗を超えた、顔も見えず身分もない別天地である。

肩まで浸かるかつからないかのうちに、

「あら、その声は。さっき顔が見えたときそうじゃなかったかと思ったんだけど。大和屋の志江さんじゃ」

湯舟の奥から湯音に混じって声が飛んできた。板壁に覆われた空間だから湯音も人の声もよく響く。

「あっ、そのお声は」

志江にはすぐ見当がついた。

「そう、軽駒屋《かるこまや》の篠《しの》ですよう」

「あぁ、軽駒屋さんの」

と、その店は舞も知っていた。芝一丁目の街道筋に暖簾を張っている下駄《げた》屋である。舞も下駄はそこで買っている。売るだけでなく軽駒屋ではあるじがすり減った下駄の歯入れもしてくれるので、界隈の女たちから重宝がられていた。街道に面して店を構えているのだから、下駄屋でも大振りで小間使いの丁稚を二人ほど置き、草鞋《わらじ》は荒物屋の領域だから置いていないものの草履《ぞうり》や雪駄《せった》も商っている。

志江が軽駒屋の嫁である篠を見知ったのは、箕之助から「あそこのおかみさんはどうやらお武家の出のようだ」と聞き、挨拶に顔を出したときからである。ほんとうに武家の出だった。志江が武家奉公をしていたと話すと、篠は親近感を持って志江を奥の間に上げ、いろいろと話したものだった。その後も何度か言葉を交わしたことがある。舞はただの客だったから、おかみさんの篠までは知らない。湯舟の中だから、このあと外で出会っても気がつかないだろう。

箕之助は蓬莱屋の番頭だったころから軽駒屋を知っていた。軽駒屋が開業したのは箕之助がまだ手代だったころである。その立ち上げのとき、近所への挨拶まわりの扇子を納めたのが蓬莱屋だった。商いの挨拶まわりには扇子を配るのが一般で、それもまた消耗品ではなく何度も町々を回転する献残商品である。

あるじの茂平左《もへいざ》はなかなかの男で、何十年も道具箱を天秤棒に吊るしてながしの下駄の歯入れ屋をつづけ、腕もいいところへ爪に火を灯《とも》すような毎日で小金を貯めこみ、なんと芝一丁目の街道筋に空き家を借り、八年ほどの歳月をかけて店を界隈では大振りの下駄屋に仕上げたということである。棒手振《ぼてふり》からいきなり街道筋に暖簾を掲げるなど、並にやっていてできることではない。天秤棒を振り振り町々をながしていたころは〝歯入れの茂平〟といっていたが、店をもってから茂平左とお店《たな》のあるじらしく改名したのだ。

箕之助が今年正月に芝三丁目に大和屋を立ち上げたとき、仁兵衛の計らいで田町や芝から金杉橋にかけての一帯は大和屋の商いの場にしてもらい、田町四丁目の辻屋とおなじように挨拶に伺ったのである。そのときたまたま篠も店に出ており、以前からの顔見知りであった茂平左や息子の茂吉《もきち》とともに話をする機会があったのだ。そのあと、志江が篠への挨拶に軽駒屋に足を運んだという次第である。茂吉の名はそのままで、まだ改名するには至っていない。父親の茂平左がなかなか許さないというのが近所の噂だった。嫁を貰っていてもまだ親から一人前と見なされていないのだろう。

近辺で茂平左の評判は、

――吝嗇《けち》

であった。だが茂平左から苦労話を聞いた箕之助は、吝嗇などとは思わなかった。下駄の歯入れ稼業など、物惜しみする性質《たち》でないと精魂こめた仕事はできない。男物で歯どころか足板までちびて痛んだ下駄であっても、裏表も横も削りなおして新しい歯を入れ、女物の新品同様の下駄につくり変える技も持っていた。下駄のつくり替えや歯入れで出た木屑も溜めておいて湯屋の焚きつけ用に売っていた。外まわりのころから連れて歩いていた息子の茂吉にも技を教えこみ、いまではその茂吉が下駄の歯入れをしながら街道筋の店を支え、裏で切り盛りしているのが嫁の篠であった。それに下駄商いだから軽駒屋とは、名をつけるにしても茂平左は吝嗇なだけではなく、なかなか洒落《しゃれ》っ気もあるようだ。

この息子の茂吉なら、舞も面識はある。おとなしく、黙々と下駄の歯を打っている男である。

「——店を切り盛りしているのは、やはり裏でご新造さんの存在が大きいのだろうねえ」

と、箕之助と志江のあいだで話題になったことがある。もちろん好感をもってのことである。茂平左もまた、献残屋の箕之助とは気さくに話をした。相手が献残屋ならば、物惜しみ根性に相通ずるところがあるのだろう。

その軽駒屋の篠が、先客として湯屋に来ていたのだ。

「これは篠さん。お久しゅう」

湯音のなかに志江は返した。

「なにがお久しゅうなもんですかね。この秋口に街道で会ったばかりでござんしょう」

「そういえばそうでございましたねえ。まだ暑さの残っているころでした」

伝法な口調に志江がたじたじになって応じると、

「あらあら、志江さん。ございましただなんて、まだ町家暮らしが板についてないんじゃござんせん？」

また軽快な口調が湯舟にながれてきた。

「あらあら。こちらさんもお武家の出で？」

志江のすぐ近くから年増らしい声が響いてきた。いくぶん構えたような口調で、これには「えっ」と舞が驚いた。「こちらさんも」などと言うからには、いま志江と話している軽駒屋の篠さんとやらも武家の出ということになる。そのようなことを舞は志江から聞いていなかったし、下駄屋の新造が武家育ちなどとは考えたこともない。いまも聞こえる伝法な口調に舞は、あたしとおなじ裏店上がりかしらと親しみを持ったほどである。

「いいえぇ、あたしゃただお武家に奉公していたことがあるだけなんですよう」

志江は姿の見えない声に伝法な口調で返し、首筋を手拭でぬぐった。

「なんだ、それであらたまってたんだ。似合わないねえ」

さきほどの年増の声が返し、湯気のなかにふたたび湯音が響きはじめた。志江はそのなかに溶けこんだが、横で舞はまだ首をかしげていた。


志江が軽駒屋に訪《おとな》いを入れ、篠に奥の間にいざなわれたとき、元武家の娘と元旗本屋敷の腰元ということでけっこう話がはずんだ。徳川の世も終わりに近づいた天保のころなら、武家の娘が商家に嫁ぎ、商家の娘が武家に入るのはさほど珍しいことではなくなっていたが、元禄の時代では小禄の下級武士でも、もしあれば特異な例といえた。

篠の実家は百石取りの小禄旗本であった。年俸禄が米百俵である。大名家の武士とは違い徳川家の旗本となれば、武家は戦時に備えるのが建前だから百石取りなら百俵の扶持《ふち》米で槍持《やりもち》から鎧櫃持《よろいびつもち》、草履取《ぞうりとり》などの兵卒《へいそつ》を常時かかえていなくてはならない。平時はそれが中間《ちゅうげん》として門番をしたり庭掃除などをしているわけだが、このほか奥方用に腰元や飯炊きも雇わなければならない。百俵でこれら使用人を喰わしていくなどきわめて厳しい。世間から旗本暮らしは「百俵六人泣き暮らし」などと言われているが、使用人のほかに隠居や子供たちで家族が六人もいればやっていけないという意味だ。実際そのとおりだった。そこでいきおい小禄旗本の屋敷の中では、中間も腰元も奥方の指揮で傘張り浪人よろしく内職に勤《いそ》しむこととなる。だが外に向かっては天下の旗本であり、将軍家直参《じきさん》としての体面としきたりは厳然と守らなければならない。

そのような屋敷にも〝歯入れの茂平〟はせがれの茂吉をつれ、商いにまわっていた。庭先で商売道具を広げ、トンカチトンカチとすり減った下駄の歯を入れ替え、ちびた男物を女物に変えていたのだ。そこでまだ少女であった篠は茂吉と仲良しになり、外の生活に憧れ、茂平が軽駒屋を立ち上げ茂平左と名をあらためてからも、息子の茂吉は泣き暮らしの武家屋敷をまわった。篠は屋敷を出た。町家に憧れるとともに、それにも増して茂吉の見栄を張らないまじめさとおとなしさに惚れたのだ。実体は泣き暮らしでも、旗本たる武士の家で許されることではない。家出同然だった。武家娘としては、篠は滅多に見られない跳ねっ返りというほかはない。篠は親から勘当されてしまったのだ。茂平左は篠の思い切りのよさを気に入り、口数の少ない茂吉も心底から篠を迎えた。

篠は町家に溶けこもうとし、町家の女房以上に町家の女らしくなろうと努力した。しかし、貧乏旗本の実態を近所の女たちに話すことはなかった。話せば愚痴になり貧乏旗本暮らしから逃げたことにもなる。そう思われることは、篠の気概が許さない。そこへ現われたのが志江である。奉公先は八百石であったが、小禄高禄にかかわらず武家の実態を熟知している。それが町家の女房になっているとは、篠にとっては気の置けない、まさしく肩の凝らない話し相手といえたのである。だから志江を、

「――あんたなら分かってくれると思ってね」

と、軽駒屋の奥の間に上げ、

「――よく決断なされましたねえ」

と、志江が目を丸くしたとき、篠は言ったものである。

「――なにが決断なものかね。これもみんなその身の好きずきさ。お嬢さんなどと言われるのが小さいときからあたしは嫌い。夏は浴衣《ゆかた》一枚で、冬は分不相応に御殿模様の装いよりも、あたしゃ二の字つなぎの褞袍《どてら》が好きさ。嫁《か》しても、やれご内儀や奥さまなどと言われるより、うちのやつ、うちの人と言うほうがどれだけ身の丈《たけ》に合って仕合わせか」

志江には武家にもこんなお人がいたのかと驚くと同時に、篠の心情が理解できた。声援を送りたい気持ちにもなったものである。その後も何度か会ったが、商取引はなかった。店の実権を握っている茂平左が極度に始末屋なのだ。隠居するのがまだまだ先で元気なことは、志江の目から見ても分かる。

「それよりも篠さんさあ」

湯舟の中である。志江と舞のちょうど前あたりから声が飛んできた。二人が入る前から湯舟ではなにやら盛り上がっており、声はその話の催促のようであった。

「そうそう、腹が立つったらありゃしないさ」

篠は伝法な口調で返した。どうやら篠は湯舟の四、五人を相手に喋っていたようだ。まだ驚く舞にお構いなく、篠の口調は湯音のなかに再開された。

「あたしゃケチは馴れているさ。ケチのどこが悪いのさ」

「そうそう、悪かなんかない。だからいっそう分かるのよ篠さん。茂平左さんがお妾《めかけ》さんに別の町で似たような下駄屋をやらせてるって、うちの亭主も知ってたよ」

この話には志江も驚いた。

「えっ」

と、思わず小さな声を上げたものである。篠と周囲の女衆との会話はつづいた。志江は聞き耳を立てた。商いに結びつく噂どころではない。舞も興味を持ったか、おとなしく聞いているようであった。

「そこさ、いい歳《とし》してて。ま、女をつくるのも男の甲斐性なんていうから、そこまではあたしも許せるさ。だけどあの話まではねえ」

「そう。分かる、分かるよ。それも篠さんが知らぬうちにだったからねえ。でもさ、事前に分かったからよかったじゃないの」

「それで篠さん。ご亭主の茂吉さんはなんにも言わないの？　そこがあたしゃ不思議だよ」

「そうそう、茂吉さんねえ。ありゃあだめだわ、おとなしすぎるもの。あら、ごめんなさい篠さん」

会話は周囲の女たちのあいだに飛び交った。篠の声が割って入った。

「だからあたしが、しっかりしなきゃと思ってるのさ」

「そうさ、しっかりしておくれよ。なんならみんなで茂平左さんを吊るし上げて、浜松《はままつ》町《ちょう》のお店《たな》ってところへ押しかけてもいいさ。この恥知らずがってさ」

すかさず応じる声があった。いずれも志江や篠とおなじくらいの年増の女たちの声である。それらの声が響くなかに、事と次第によっては刃物でも振りまわしかねないチャキチャキ娘であるはずの舞も、ただ黙して聞くばかりであった。

話を煎じつめれば、軽駒屋の茂平左が妾をこしらえ、金杉橋を越えた浜松町の脇道に小さな下駄屋を持たせているというのである。茂吉は知っていたらしいが、篠には黙っていたようだ。茂平左がその妾を後妻として軽駒屋に入れようとしているとの噂がながれ、それが篠の耳にも入ったらしい。驚いた篠が茂吉を問い詰めると、妾の存在は認めたが、茂平左がそれを家に入れようとしていることまでは知らなかったようだった。茂吉は父親の茂平左を諫《いさ》めようともせず、ただ黙々と店の隅で下駄の裏を打っているばかりらしい。妾の名はサエといい、持たせている店の名も〝浜松町軽駒屋〟とか。それがまた篠の怒りに火をつけているようだ。

湯気のなかに声は響く。

「あたしゃ話を聞いたとき、ほんとに驚いたよ。あの茂平左さんがねえ。こんどの悋気構《りんきこう》で押しかけの算段をしようじゃないか」

「そりゃあいいねえ。でも、つぎのは二十日ほども先になるよ。日を早めようか」

(えっ、悋気構?)

舞は口の中で呟《つぶや》いた。その存在は知っている。町内のかみさん連中が月に一回ほど集まり、亭主や舅《しゅうと》、姑《しゅうとめ》たちの悪口をさんざんに吐き合い、憂さ晴らしをするのである。家のほうでも、嫁が陰にこもるよりそれが気晴らしになるのならと、そういった集まりを容認しているようで、どこの町にも一つや二つはあるらしい。もちろん舞にはまだ縁遠いものだが、志江もそうした集まりに顔を出したことはない。

いま湯舟は、臨時の悋気構になっているようだ。篠の声が響いた。

「みなさん、ほんとありがたいねえ。うちの店や義父《おとっ》つぁんの恥をさらすみたいで嫌なんだけど、なにぶんうちの人があんなだから、あたしがしっかりしなきゃなんないのさ」

「なあに篠さん。困ったときはお互いさまさ。こうなりゃあみんなで茂平左さんをとっちめ、橋向こうの浜松町の店とやらも叩きつぶしてやろうじゃないか」

「そうそう、それがいい」

「ほんとなら、あたし一人で全部やるべきことなのにねえ」

篠は申しわけなさそうに言い、話が一段落ついたところで二、三人が派手に湯音を立てて柘榴口に影をつくり、また、

「はい、ごめんなさいよ」

入れ替わるように他の客が入ってきた。爺さんと幼い孫娘のようで、

「あら、これは浜のご隠居。お孫さん、大きくなられましたねえ」

と、湯舟は別の話題に移った。

「志江さん。とんだ恥、さらしてしまったねえ」

「いえ。篠さんがそんなことで気苦労なさっていたなんて」

篠が低声で語りかけてきたのへ、志江は返していた。そういう話を持ち出すのは、篠がすっかり町家の女になりきっている証拠ではあるが、内心、

(あの茂平左さんが)

志江は驚きを禁じ得なかった。もちろん思いもしなかった、初めて聞く内容だったのだ。結局芝一丁目の湯屋では、舞は一言も発することなく圧倒されっぱなしだった。

かなりゆっくり浸かってから外に出ると、曇り空ながら明るさが夕刻の近いことを感じさせる時分となり、風もさらに和らいでいた。十分にあたたまった体に、冷たい風が心地よいくらいに感じられる。

「でも風邪を引かぬよう、早く帰りましょう」

志江が言い、二人は足を速めた。下駄に音を立てながら、舞は言った。いま響かせている下駄は、舞も志江も茂平左に歯を入れ替えてもらったものなのだ。

「悋気構って、あんな打ち込みの話までするところなんですか」

「あたしも知らないけど、さっきの話じゃそうみたいねえ」

「でも、あのお篠さんて人、お武家の出って、あたし尊敬する」

「そうね、芯の強い人だから」

足はもう芝二丁目に入り、

「じゃあお姐さん、お掃除手伝ってもらってありがとう。日向の旦那にもお姐さんと一緒に拭き掃除したこと、話しとく」

舞は存分に使った糠袋を乾かすようにくるくるまわし、裏店の路地に入っていった。

志江が芝三丁目に戻ると、箕之助は自分も湯屋へ行く準備をし、志江の帰りを待っていた。そろそろ仕事を終えた職人たちで混み合う時間帯に近い。

入れ替わるように、こんどは志江が夕めしの用意をしながら箕之助の帰りを待った。居間で卓袱台をはさみ、商いに無縁でも話したい話題はあるのだ。

箕之助の風呂は、いつもの三丁目の湯でカラスの行水だった。膳は味噌汁だけがあたたかく、新たに豆腐が入っていた。外はようやく暮れはじめ、寅治郎も留吉もいずれかの湯屋でひとっ風呂浴びて帰ることだろう。昼間は音を立てていた風も、日の入りが近づくとともにときおり低くほこりを上げる程度にまで収まっている。

「えっ、あの軽駒屋の茂平左さんが？」

と、志江の話に箕之助も驚き、半信半疑だった。だが、志江が悋気構まで持ち出すにいたっては、

「うーん。茂平左さんも何十年と苦労に苦労を重ねてきたお人だからなあ。息子の茂吉さんもいい職人で、嫁の篠さんもしっかりしたお人だし、行く末にもゆとりができた証《あかし》じゃないかねえ」

と、茂平左に肯定的なことを言いはじめた。当然、志江には納得がいかない。

「証って、どういうことですか」

「つまり、いままで抑えに抑えていた男の余裕ってものが出てきたんじゃないかなあ。あの歳になって、うらやましいくらいだよ」

旨そうに味噌汁をすする箕之助に、

「まっ」

志江は膨《ふく》れ面《づら》をつくり、

「そりゃあ茂平左さんなら篠さんも言ってらしたけど、ある程度は許せてもそれを家に入れるなんて、篠さんじゃなくてもがまんできませんよ」

「そこだ。わたしもそこが引っかかる」

箕之助は疑問を呈した。

「引っかかるって？」

「考えてもみろ。そのおサエさんとかいう女《ひと》、分別があるなら自分と年端も違わない息子や嫁のいる家に入りたがるかね。波風の立つことは目に見えている。そこがよく分からない」

もっともな見方に、

「そういえばそうね」

志江は表情を元に戻した。

「ともかくだ、浜松町なら金杉橋の向こうで温次郎さんが詳しい。風がやめばあしたにでも行って訊《き》いてみるよ。さいわい三田二丁目の松平さまのお屋敷も柿落《こけらお》としはあしたで、蓬萊屋と具体的な算段に入らねばならないし。屋号は浜松町軽駒屋で、名はおサエさんといったねえ」

「そう、まったくふざけた屋号をつけて。お願いしますね、おまえさん」

志江は言っていた。

三

きのうの風が空の雲を追い払ったのか、翌日は寒さが増したものの鮮やかな日の出だった。さきほどその陽光を浴びながら寅治郎が大和屋に、

「裏店に帰るとほこりがないので驚いた。聞けば舞と一緒に掃除をしてくれたんだってなあ。湯に行っての帰りだったから、そのままぐっすり眠れたぞ」

お礼の言葉を入れ、あとはいつものように街道を田町のほうへ向かった。そのあと箕之助は寅治郎と逆方向に街道を金杉橋のほうへ進んだ。芝一丁目の軽駒屋は、まだ大戸を上げていなかった。

(茂平左さんの気持ちも分かるんだがなあ)

やはり男同士か、思いながら金杉橋の手前を町家に入り、古川の土手道を上流へ歩を進めた。

赤羽橋を渡ると、

「あっ、箕之助旦那。お早うございます」

朝日を受けながら店の前を掃いていた丁稚が声をかける。

「きょうは風が凪《や》んで助かるね」

「へえ、おかげさまで」

温次郎の薫陶《くんとう》であろう、丁稚も物腰が低くやわらかい。

仁兵衛はもちろん、温次郎も嘉吉もまだ店にいた。樹林越しに、増上寺からの朝のお勤めの声が聞こえてくる。中庭に面したいつもの部屋に温次郎も嘉吉も集まってもらい、松平屋敷の算段を話し合ってから箕之助は世間話でもするように、

「浜松町の小さな下駄屋のことなんですがね」

切り出した。東海道は芝のつぎの金杉通りから金杉橋を北へ越えると、町名は浜松町となり、四丁（およそ四百米）ほどで増上寺の山門から東へ伸びてきた広場のような往還と直角に交差し、さらに新橋《しんばし》へとつづいている。位置としては浜松町も増上寺の前面になるが、街道まで出れば街並みは酒と色香に満ちた門前町の趣《おもむき》は消え、芝や金杉通りと変わりのない旅人と産業の通り道となっている。ただ、芝より日本橋に近いせいか通りの顔はいくぶん華やかになり、新橋を過ぎればその賑わいはさらに増す。

「浜松町の下駄屋さん？　あの界隈に下駄屋なら何軒かあるけど」

「わたしも知っていますよ。門前町のほうにもね」

温次郎が言ったのへ嘉吉もつないだ。仁兵衛は、なにを言い出したのかといった表情で

小さな双眸を箕之助に向けている。

「たぶんそのなかの一軒でしょう。実はわたしも知らないのですが、なんでも街道沿いではなく脇道に入った、女一人でやっている小さな店らしく、屋号は浜松町軽駒屋などといいまして」

ここまで箕之助が言うと、

「あっ、あそこ」

嘉吉が声を上げ、温次郎と顔を見合わせニッと笑った。温次郎も軽く照れるような笑いを浮かべ、

「おサエさんじゃないのかね、その女一人というのは」

「えっ、温次郎さん知っていなさるので？　嘉吉どんも」

「知っているさ」

温次郎が応え、

「それがなにか？」

興味ありげな顔で嘉吉も問い返した。さいわい増上寺からの響きは消えていた。朝のお勤めが終わったのであろう。お経を聞きながらではどうも話しにくい内容である。

「いえね。実は芝の街道筋に軽駒屋という一応大振りの下駄屋がありまして」

「知っているよ。おまえがここにいたときからまわっていたお店《たな》じゃないか」

仁兵衛が言ったのへ、

「あっ分かった。番頭さん、そこですよ元手を出しているのは」

また嘉吉が言って温次郎の顔を見た。温次郎は頷きを返し、

「なるほど。その店のことを聞きたいのかね」

箕之助に視線を戻し、話しはじめた。

浜松町軽駒屋が小ぢんまりとした暖簾を出したのは、今年の桜も散った弥生《やよい》（三月）の終わりのころだという。小振りな店だが、温次郎は嘉吉をつれて挨拶に顔を出したらしい。そこにサエがいた。店を出てから、

「――女一人で店を、誰かのお妾さんかもしれないねえ」

「――はあ、そのような」

温次郎と嘉吉は話し合ったという。

その後も浜松町界隈をまわるなかに、浜松町軽駒屋の噂は入ってきたらしい。

「それが箕之助どん、妙に評判がいいのだよ。〝出し下駄〟の軽駒屋などといってね」

温次郎は話した。客が気に入った下駄の履き具合を試そうとすると、おかみさんが三和土まで下りて足元に下駄を置き、鼻緒《はなお》を立てるときに腰をひねってきわどいようすを見せるものだから、男の客は喜んで浜松町軽駒屋に行っているというのである。

「それが〝出し下駄〟で？」

「そうらしいんです。わたしは見たことないのですが」

　嘉吉が言い、

「雰囲気はあっても、店場に座っている分にはべつだん色っぽいとも思えないし、ごく普通のおかみさんなんだがねえ。で、その店が気になる理由《わけ》は？　箕之助どんがわざわざ話に持ち出すとは、なにやらいわくありげのようだが」

　温次郎から向けられた視線へ応えるように箕之助は志江から聞いた一件を披露した。

「ははははは」

　仁兵衛が突然笑い出し、

「箕之助、また悪い癖《くせ》を出そうとしているようだなあ」

「えっ……へえ」

　言われ、箕之助ははじめて自分が軽駒屋の奥向きに足を踏み入れようとしていることに気づいた。

「まあ、いいではないか。本家が芝なら箕之助の領分だ。おサエさんとやらが芝の軽駒屋に入るという話が気になり、どこまで進んでいるかを知る必要もあろうからな」

「は、はい……つい。ですが旦那さま、わたしはまだ、その、踏み入ったわけではありません。ただ……」

「ははは。話に波風が立たぬようにと思っているだけだというのだろう。それでいい。だが、そう思って手をつけたのなら、あとはもうそのようにしなければならん。戸惑うのはかえってよくないぞ、箕之助」

「へえ」

仁兵衛から真剣な表情で奥まった小さな双眸を向けられると、やはり箕之助は萎縮してしまう。そのまま仁兵衛はつづけた。

「こういうことは早いほうがいい。芝一丁目の悋気構だったねえ。ああいうのも動き出せばけっこう力を見せるものだ。そこの女衆が騒ぎ出さぬうちに温次郎や、きょうにでも浜松町に行って、その浜松町軽駒屋とやらのようすを見てきて箕之助に教えてやりなさい。あとは温次郎、分かっているね」

視線を温次郎に向けた。サエを探り、それを箕之助に教えるだけであとは深入りするなと念を押しているのだ。

「はい」

温次郎は解している。

「あのう、わたしは」

「あはは。おサエさんとやらは三十路《みそじ》ほどだろう。おまえの手に負える相手じゃないよ。それにこんな話ならなおさら」

嘉吉が身を乗り出して言ったのを、仁兵衛は軽くいなした。蓬萊屋の手代といっても、嘉吉はまだ二十歳《はたち》前なのだ。

「嘉吉どん。それよりもさっきの話のとおり、松平屋敷のときにはよろしく頼むよ。もうすぐのことだから」

不服そうにする嘉吉に箕之助は助け舟を入れ、

「それでは旦那さま、温次郎さん。なにぶんよろしくお願いします。嘉吉どんも」

腰を上げた。

太陽はもうすっかり昇っている。空気は冷たいが、きのうの強風がまるで嘘のような陽光である。帰りは播磨屋のある松本町を経て武家屋敷を抜ける近道をとった。

大和屋では志江が箕之助の帰りを待っていた。相手が篠であるせいか、気持ちの上ではもう箕之助以上に踏み入ってしまっている。

まだ午前《ひるまえ》だった。

「おまえさん。あたし、芝一丁目の悋気構に出てみようかしら。篠さんに誘われたということにすれば、向こうのおかみさんたちも迎え入れてくれると思う。声だけ知っている人はもう何人かいるし」

箕之助が帰ってくるなり言ったものである。

「うん、おもしろいかもしれない。だがな、篠さんの怒りに同調している分にはいいが、おまえまで騒ぎに乗るんじゃないよ。軽駒屋さんもやがてはいいお得意さんになってくれるかもしれないからねえ。ともかくそのお店《たな》に騒動などあってはまずい」

「あたしはただ篠さんの悔しさを思い……、なんとか平穏に収める道はないかと」

目的はおなじである。

午すぎ、志江は芝一丁目に出かけた。軽駒屋に行って篠に会い、つぎの悋気構に加わる段取りをつけるためである。

志江の申し出を篠は喜んだ。味方は一人でも多いほうがよい。というよりも、篠にとって志江は日常のつき合いはないものの、町家にあって武家の内実を知り、その武家を飛び出した自分の心意気を解してくれる唯一の人物なのである。話は弾んだ。志江が芝三丁目に帰ってきてから言うには、

「つぎの悋気構はまだ先のことであり、とりあえずきょう夕方、篠さんがここへ来ることになりましたからよろしく」

「ええっ」

箕之助は驚いた。

「篠さんの内に秘めた憤懣は想像以上で、存分に話を聞いて上げようと思い、あたしから誘ったんですよ」

なんのことはない、大和屋で篠のための小さな悋気構を開き、場所が居間とあっては箕

之助もそこにつき合うことになるのだ。篠はそっと志江に耳打ちしたらしい。

「――きょう義父《おとっ》つぁん、夕飯の支度はいらないって言ってるのよ、出かけるからって。行く先は分かってるのよ。おサエのことがあたしの耳に入るまではコソコソ行っていたのが、いまじゃ大っぴらさね。まったく人を虚仮《こけ》にして。だからきょうは早めに茂吉と夕膳をすませ、途中で酒屋さんに寄っていくから」

篠の怒りは心頭に達していると見て間違いなさそうだ。

「――夜な夜な出かけるのが、茂吉さんじゃなかっただけでもよかったじゃないですか」

志江は慰めのつもりで言ったものである。頼りない亭主だが、篠はそこに不満はないようである。篠が志江の前で茂吉に、今宵夕膳のあと大和屋に行くことを話すと、茂吉は志江によろしくと頭を下げ、

「ころあいを見計らって、ここへ提燈を持って迎えに来てくれるって」

茂吉も悋気構の効能は認識しているようだ。それに篠も茂吉も大和屋に来るのは、これが初めてになる。このさき献残物の用があれば、これでまた大和屋に来ることは間違いないであろう。

外はまだ陽光がある。人の影は長くなりはじめているものの、夕刻というのにはまだ間がある。大和屋を訪《おとな》う者があった。温次郎である。腰高障子を開けるなり三和土に立った

まま帳場格子にいた箕之助に、

「いやあ箕《みの》どん。芝と浜松町の軽駒屋二軒、いったいどうなっているんだろうねえ。ともかく聞いてきたことだけ話しておくよ」

「えっ、ほんとにきょう行ってくださったんですか。だったらわたしが蓬莱屋で待ちましたものを」

　箕之助は慌てたように腰を上げ、

（なにやら異常なことが）

蠢《うごめ》いているのを感じる。二人の声に志江も奥から出てきた。

「まあまあこれは番頭さん。ささ、奥へ」

亭主の元上役であってみれば、志江も鄭重である。

「いやあ。大旦那に言われたものだから、あれからすぐ浜松町に行ったさ。挨拶がてら近くもまわってね。するとどうだろう」

温次郎は店の板の間に上がり、居間に入ってからも、

「箕どん。あそこに手をつけるのは気をつけたほうがいい。どうも無事に収まるとは思えない」

　志江がお茶を用意するよりも先に話し出す。

「まずねえ、おサエさんの店へ行く前に、浜松町の街道沿いのお店《たな》へ何軒か御用聞きに顔

を出してね」

実直を絵に描いたような温次郎らしく、物事を進行順に話しはじめる。嘉吉ならこうはいかなかったろう。逸《はや》ってまっ先にサエの店へ顔を出し事態が急速に動いていることを察知しても、サエの意図を解明することにつながるような全体像まで見出すことはできなかっただろう。

（さすがは温次郎さん）

箕之助は卓袱台の上へ身を乗り出した。温次郎はつづけた。

「あの近辺さ、おサエさんの出し下駄があんなに評判を呼んでるなんて知らなかったよ。近くの貸本屋の旦那など、一度下駄を買いに行って幻惑されたらしく、着物の中まで見たくなっておサエさんが湯屋へ行くのを狙って自分も行ってるなんて、かみさんが席をはずした隙にそっと話してた」

「へーえ、そこまで」

箕之助は頷きを返した。どこにでもいるような年増女のサエが、意識的に色っぽく振舞っているのが窺《うかが》える。どこでどう知り合ったか知らないが、苦労人で生真面目だった茂平左を籠絡《ろうらく》するには効果的だ。茂平左なら若い女がしなだれかかったりすれば、鼻の下を伸ばすよりも説教をしたくなるであろう。

「いやあねえ、男の人って」

志江がお茶を卓袱台に運んできた。

「いや、それが嫌《いや》じゃないんだよ。志江さん」

温次郎は返した。

「いまあの近辺の男たちは残念がり、裏店の女たちは羨《うらや》ましがってるんだよ」

「どういうことですか」

志江は湯呑みを卓袱台の上に置いた。

「おサエさんが芝一丁目の軽駒屋に後妻として入り、そこの息子夫婦が浜松町の軽駒屋に移ってくるというらしいのだ。いまじゃ近辺では出し下駄よりそのほうがもっぱらの評判になっていたよ」

「えっ」

「まさか！」

これには志江も箕之助も同時に声を上げた。志江が芝一丁目の湯舟で聞き及んだ内容には、そこまで具体化しているものはなかった。

「で、本人のサエさんとやらはどのように」

「それなんだよ」

箕之助の問いに、温次郎は湯呑みを口にあててひと呼吸つき、

「行ったさ。暖簾をくぐるとおサエさんがいてね」

「それで？」

志江が先をうながした。

「きのうと打って変わりいいお天気でと時候の挨拶から入ってねえ、近所で聞いたのですがと、芝と浜松町の交替の件を切り出したのさ」

箕之助も志江もお茶より固唾《かたず》を呑んでいる。

サエは言ったらしい。

「――あらあら、そんなに噂になっているんですか。まあ、そのとおりですがね。あたしも来年のお正月は芝で迎えることになりましょうか。そのときには献残屋さんのお世話になりましょうかねえ」

本人が噂を肯是《こうぜ》しているのである。それればかりか、

「町で聞いたのだけどね、店に来た人にも湯に行ったときも、おサエさんが自分で言っているらしいよ」

当人が噂の種元になっているのである。

「――でもねえ、心配なんですよ。なにぶん向こうには息子さんもそのお嫁さんもいらっしゃるでしょう。その人たちの、とくにお嫁さんから逆恨みされないかと思って。すでにあたしはその人の殺気までヒシヒシと感じているのですよ。この店でもいまは小さいですけど、夫婦で大きくしようと思えばできますのにねえ。ほんとあたし、恐ろしいんです

よ、毎日が」

サエはそうも言っていたというのである。ますます不可解である。きのうの湯屋では、篠は憤懣やる方ないようすではあったが、そこまで事態が切迫している口振りではなかった。つぎの悋気構も二十日ほど先だし、それを篠のほうからとくに早めてくれとまわりの女たちに頼んでいるわけでもなかったのだ。

志江と箕之助は顔を見合わせた。その篠が、いまかたむいている陽が沈みかけたころには、この居間の客人となるのである。

「ともかく箕どん、話はそれだけだ。嘉吉にも言って、わたしはしばらく浜松町のおサエさんのところへは行かないことにするよ。いくら献残屋でも面倒に巻きこまれるのは嫌だからねえ」

温次郎は腰を上げた。

「あら、もっとごゆっくりと」

志江が言うのへ、

「ともかく危うきには近寄らずですよ」

温次郎はもう廊下のほうへ向かった。お茶もまだ半分ほど残ったままである。玄関口でさらに、

「箕どん、分かっているだろうねえ。大旦那さまがいつも言っていなさることを」

見送りに三和土へ下りた箕之助と志江に、念を押すように言った。

「は、はい」

箕之助は口ごもって返した。すでに踏み入っているのである。往還まで出て温次郎の肩が街道のほうに消えると、二人はまた顔を見合わせた。そのまま立っているところへ、篠がやってくるかもしれないのである。

「おまえさん、どうします？」

「どうするったって、ともかくこちらが向こうの事態の中身を見極めなくちゃ」

「そうね」

志江は頷いた。もし篠が浜松町のほうにながれている噂を知らなかった場合、それを教えてやるかどうかを、志江は箕之助にうかがいを立てたのである。知らないところへ話せば火に油をそそぐことになるのは目に見えている。武家の出である。その場で篠は走り出し芝一丁目にとって返して茂吉を問い詰め、その足で短刀か包丁を手に金杉橋を走り抜け茂平左を追わないとも限らない。

「ま、きょうは篠さんのための悋気構のようなもので、来年の正月まで、まだすこし間もあることだし」

ふたたび箕之助が言ったのへ、

「そうですよね」

志江も再度頷いた。

篠の下駄の音が芝三丁目に響いたのはそのあとすぐ、陽が西の端に落ちかけたころであった。かなり早く夕の膳をすませたようだ。箕之助と志江もそれを見越し、早めに膳はすませていた。ちょうど篠の肩が大和屋の玄関に入ったとき、舞はそれが見える往還に歩を踏んだ。

「あら、お客さまみたい。だったら」

呟《つぶや》き、そのまま大和屋の前を通り過ぎた。舞はきのう一丁目の湯で聞き耳は立てていたものの、洗い場や脱衣場で篠の顔を見たわけではない。軽駒屋に下駄の歯を入れてもらいに行ったときも、会ったのは茂吉や丁稚たちだけなのだ。また寅治郎が大和屋へ立ち寄るのは、とくに用事があるか舞に誘われたときだけで、留吉はきょう松平屋敷の柿落《こけらお》としでご相伴《しょうばん》にあずかり、帰りはほろ酔い機嫌で遅くなるはずである。

「まあまあ初めてですけど、うまくまとまってご夫婦二人のお店にはもってこいの造りですねえ。うらやましいですよ」

篠は二階部屋もある大和屋の造りに目をやり、敷居の外まで出迎えた箕之助と志江に言った。お世辞ではない、ほんとうの思いがこもった口調だった。風呂敷に包んだ一升徳利を胸に抱えたまま、店場から奥の居間へいざなわれるときも篠は、

「ほんと、いい構えだこと」

と、連発していた。こういうところで茂吉と暮らせたらと思っているのかもしれない。

「はい、これ」

座るとすぐ風呂敷から一升徳利を卓袱台の上に置いた。志江は肴《さかな》にスルメを醬油味にゆがいたのと干物のヒラメの揚げ物を用意していた。まだ熱さが残っている。寅治郎や留吉が来たときとは違って、志江は湯呑みではなく盃《さかずき》をちゃんと出していた。

「まあまあ、これは。ならば燗《かん》はあたしが」

篠が台所に立ったのへ箕之助は、

「うちのやつがやりますから」

恐縮しながら言ったものである。

「そうはいきませんよ」

と、台所に立った姿は、以前に来た堀部安兵衛の内儀サチとは違い、まったくの町家のおかみさんの風情であった。そこからも篠の心意気が感じられる。

酒が熱燗のチロリからそれぞれの盃に満たされた。

篠はよくしゃべった。

「まあ、この揚げ物もスルメもおいしい。女でもこうして肴を前にお酒を酌み交わすなんて、これがほんとうの人の姿ですよねえ。今宵は酒《ささ》を少々なんて構えてたんじゃ、せっかくのお酒も味が消えちまいますよ」

などと言うのは志江が相手ならではのことであろう。

すぐに浜松町軽駒屋の件に話題が移った。

「きょうも義父つぁん、いそいそと出かけていったけど帰りは木戸の閉まる直前に、いつもほろ酔い機嫌でいい気なもんさ。橋向こうの女、いったいどんな顔をして、なにが狙いでうちの義父つぁんに酌《しゃく》などしてるんでしょうねえ。一度顔が見てみたいよ」

篠は何度目かの盃を呷《あお》った。まさに篠のための悋気構である。箕之助と志江は終始聞き役であった。

箕之助も志江も話したかった。だが、志江が口に運んだ盃を卓袱台の上に音を立てて置き、身を前に乗り出したとき、

「まったく、お篠さんのお気持ち分かりますよ。なあ、志江」

箕之助はさえぎった。やはり篠は浜松町で語られている噂を知らず、それにまだサエに会ったこともないようすなのだ。さきほど温次郎が話した内容から、篠もきのう湯屋で一緒になった女衆も、進捗《しんちょく》している事態から、

(取り残されているのでは)

思えば箕之助とて言葉が喉元まで出てきているのだ。だが堪《こら》えた。さっき温次郎も「危うきには近寄らず」と言ったばかりである。

「ねえ、志江さん。つぎの悋気構の日、決まったら知らせるから来てね。あら、旦那さんの陰口をたたくのじゃありませんから」

篠は笑い顔で言い、胸のつかえを下ろしたのか機嫌がよかった。

雨戸を閉めず店場に行灯《あんどん》を点《とも》しておいた玄関先に訪《おとな》いの声が入ったのは、町々の木戸が閉まる夜四ツ（およそ午後十時）には十分に間のある時分だった。茂平左はまだ橋向こうのサエのところにいるのだろう。

「あら、もううちの人が」

と、篠は名残惜しそうに腰を上げた。

「あぁ、大丈夫ですか」

志江は思わず手を差し伸べた。足が若干ふらついている。

三和土まで下りた志江と箕之助に茂吉は丁寧に礼を言い、持ってきた褞袍《どてら》を篠の肩にかけた。提燈の灯りとともに、二人の寄り添った影は街道のほうに消えた。

「大丈夫かしら」

店場から灯りの洩れる往還に立ったまま、志江は言った。冷えこむなかでの足のふらつきなどではない。茂吉がしっかりと支えているのだ。心配なのは、なにやら動いている事態に篠が気づいていないという点である。ひょっとすると、茂吉もそれを知らないのかもしれない。

「自分もあしたあたり、芝一丁目で軽駒屋さんの近辺で噂を拾ってみようか」

箕之助は呟くように返し、玄関の雨戸を閉めにかかった。

四

冬の陽光に恵まれたのは一日だけだった。翌日は朝から薄曇りで、おとといほどではないにしろ風があった。いっそう冷えこみを感じる。

舞が若い娘らしくもなく背を丸め手に息を吹きかけながら、褞袍を羽織ったまま店の前を掃いていた志江に、

「お早う、お姐さん。きょうもお寒う」

白い息を吐き、

「縁台の拭き掃除、きょうも大変でしょうねえ」

返した志江の息も白かった。台所の水甕《みずがめ》に薄い氷が張っていた。この冬初めての氷であった。神無月にしては珍しい。

寅治郎が田町へ向かったころも、まったくの曇り空ではないものの陽光は地面に影をつくるほどの射しかたではなかった。

驚天動地はそのときにやってきた。箕之助が朝の寒気のやわらぐのを待って出かけよう

としたときだった。

「聞いたかい！　聞いたかいっ」

留吉が勢いよく腰高障子に音を立て、三和土に跳び込んできた。

「あれ、留吉さん。お仕事は？」

志江が返した。箕之助は板の間に立って、志江がうしろからかけた羽織の紐を結んだところだった。

「あゝ、仕事はさあ」

と、留吉は返した。きのうが松平屋敷の柿落としだったもので仲間の大工や下職《したじょく》どもも棟梁から一日の休みをもらっていたのだ。

「それよりも箕之助旦那に志江さん！　土左衛門《どざえもん》だぜ、この寒いのに」

「えっ、どこで？　裏手の芝浜ですか」

「いや、古川だ。それも金杉橋さ。きょう納豆売りがいつもより遅れてきやがってよ。わけを聞いたら金杉橋の下に土左衛門が上がって、それを見ていたら芝のほうまで来るのがすっかり遅れちまったなんてぬかしやがるもんだから」

「へえぇ。その納豆売り、土左衛門の顔でも見たのかい」

「らしい。それがなんと、芝のほうでときどき見かける隠居かなんかで、まあそのくらいの歳の男だったたってぬかすんでさあ」

「ええ！　芝のほうの隠居？」

「誰なんですか！　留吉さん、知っている人？」

箕之助は板の間で中腰になり、志江は一歩前に踏み出た。留吉はまだ三和土に立ったままである。

「だからさあ、見りゃあ分かるかもしれねえと思って、金杉橋へ走ったんでさあ」

「で？」

箕之助は中腰のまま身を前に乗り出し、身の均衡を崩して右手を板の間についた。志江もまた一歩、前に出た。二人の脳裡には、徐々に不吉な予感が込み上げてきている。

「だがよ、土左衛門はもう浜松町の自身番に持っていかれちまって、結局見られずじまいだった。でもよ、俺も橋を渡って向こうの自身番の近くまで行って、集まってる人らに訊くと、運ばれてくるのを見たってのがいて、ともかく男で若くはなかったらしい」

「つまり、橋の近辺の人じゃないってわけだね」

「そうらしい。でもおかしいのよ。俺はあきらめて芝のほうへ戻ってくると、一丁目あたりに役人や六尺棒なんか持った奉行所の捕方《とりかた》が出てやがんのよ」

「えっ、一丁目って芝一丁目？　それ、脇道のほうだった？　それとも街道筋でした？」

「そういやあ俺は一丁目まで街道筋を帰《けえ》ってきたから、見かけたのは街道筋ってことになりまさあ」

志江が入れた問いに留吉は応えた。

「それって、留さん。まさか軽駒屋さんじゃ！」

「あっ、そうだった。あそこは下駄屋、そう、軽駒屋の前だった」

「おまえさん！」

思わず顔を向けた志江に、

「分かった。ちょっと行って見てくる」

箕之助は応じ、

「留さん！　もう一度行こう、軽駒屋さんまでっ」

三和土に跳び下りた。

「えっ、箕旦那。いってえ」

その反応に留吉のほうが驚いている。舞がまだ軽駒屋の一件を話していないのか、留吉は箕之助や志江が軽駒屋にこだわっていることを知らないようだ。

箕之助は草履《ぞうり》をつっかけるなり留吉の肩を外へ押した。志江もおもてまで出て二人の背を不安げに見送った。

走った。

「箕旦那、いってえなんなんですかい」

留吉も走っている。往来人が何事かと振り返る。だが芝一丁目の街道になると、走っているのは箕之助と留吉だけではなかった。

（やはり）

箕之助の脳裡に走る。

「留さん！　土左衛門なあ、間違いない。軽駒屋の茂平左さんだぞ！」

「えっ、あの父《とつ》つぁん！」

二人の足は速まった。軽駒屋はもうそこである。暖簾は出していないが、大戸は上げている。飛び込んだ。町内の者がすでに何人か店に入っているようだ。

「あっ、これは献残屋さん」

店場にいたのは丁稚二人だけだった。二人とも蒼ざめている。

「どうしなさった。茂吉さんと篠さんは！」

「へえ、いまお役人と一緒に浜松町の自身番に」

丁稚の一人が応える。

「あんた、三丁目の献残屋さんだねえ。あんたも土左衛門の噂を聞いてきたのかね。どうやらその仏《ほとけ》、ここの茂平左さんらしいのだ。それでいま茂吉さんと篠さんが確認のため浜松町の自身番に」

奥から出てきて言ったのは、箕之助も顔を知っている芝一丁目の町役《ちようやく》の一人だった。

「だから言わんこっちゃない。いい歳して」

町役は言ってから、

「あっ」

口を押さえた。茂平左が橋向こうの浜松町に妾を置いていたのを知っていて思わず言ってしまったが、いまは死人を貶《おとし》めたくなかったのだろう。丁稚二人はただオロオロしながら、さらに困惑した表情になった。

（この町役も、いま浜松町のほうにながれている噂までは知らないようだ）

箕之助は見当をつけ、

「留さん、すまんがもう一度うちに走ってこのことを志江に。わたしはこのまま赤羽橋のほうへ行くから、と」

「えっ、金杉橋じゃなくて上流の赤羽橋？　蓬莱屋さんですかい」

「そう」

留吉が問い返したのへ頷き返すと、

「はい、ごめんなさんして」

箕之助は急ぐように外へ出た。

「………？」

わけの分からぬまま、留吉もあとにつづいてその場を離れ、走ってきた道を返した。

「やはり……そうでしたか」

志江は予期していたものの、驚きは隠し得なかった。同時に、箕之助が蓬莱屋に向かったことで、ただの酔った上での事故ではなく背後になにやらあることを箕之助が感じ取ったのであろうことも悟った。

「留吉さん、お願い。また一丁目に行ってようすを見てきてくれないかしら」

志江は留吉に頼み、

「実はねえ」

と、温次郎の話した内容はまだ伏せたものの、湯屋で聞いた範囲の話をした。舞も一緒に聞いていたことなのだ。

「へぇえ、あの父つぁんがねえ。人は見かけに寄らねえもんですねえ。ようがす。こうなりゃあ乗りかかった舟でござんすよ。もうひとっ走り」

なにが乗りかかった舟か分からないが、留吉の野次馬根性を満たすには十分な内容である。大和屋の三和土に留吉の姿はもうなかった。

「あぁあ」

志江は店の板の間に尻餅をつくように座りこんだ。

箕之助は急いだ。金杉橋にはまだ人だかりがあった。

「ここですか、土左衛門があったというのは」

と、そのなかに入ってみたが、おかしい。近辺の住人に聞けば、土左衛門というより死んでいた場所は浜松町側の川原だったらしい。だから死体は浜松町のほうの自身番に運ばれたのだろう。どうやら転落死のようだ。

「見つけたのは朝の物売りで夜明けのころだというから、落ちたのはきのうの夜なんだろうねえ」

言う声も拾い、古川の土手沿いの往還を小走りに上流方向へ向かった。土手道のせいか風は街中《まちなか》よりも強い。水の流れる音に草地を吹き抜けた風が横合いから身を包む。だが気が昂ぶっているせいか、痛いほどの寒さは感じなかった。昨夜、茂平左が転落死したのなら、篠が茂吉と一緒に大和屋から帰ったあとのことになるのだ。

赤羽橋の上では身を縮めた。障害物がなく、それだけ風が吹きさらしになっている。砂ぼこりが薄く舞うなかに、蓬萊屋もおもての腰高障子をピタリと閉めている。

「ごめんなさいよ」

開けるのと同時に身を入れ、すぐうしろ手で閉めた。

「あっ、番頭、いや、箕之助旦那」

店の広い板の間で嘉吉が丁稚たちといくつもの檜台《ひのきだい》や折櫃《おりびつ》をならべていた。献残物を載せ、あるいは入れるための、これも何度でも回転できる大事な商品なのだ。

「聞きましたよ。浜松町のおサエさんとか、やはりいわくありのようなんですってねえ」

嘉吉はきのうの話を温次郎から聞いているようだ。だがその当事者の一方である男が、すぐ店の脇を流れる古川の下流で死体となっていたことは、まだ赤羽橋のほうにまでは伝わっていないようだ。

「大旦那と温次郎さんはいなさるか」

「へえ、お二人とも奥に。なにか？」

箕之助の真剣な表情に嘉吉は首をかしげ、奥への廊下を手で示した。

「芝一丁目の軽駒屋の茂平左さんが死んだ。金杉橋で転落死」

箕之助は板場に上がりながら言い、奥へ向かった。

「えっ」

丁稚たちも声を出し、嘉吉は腰を上げかけたが箕之助に手振りで押さえられ、

「じゃあ、あとで」

板の間に座りなおした。嘉吉もまた、何事にも踏み入りやすい性質《たち》なのだ。

奥の間で、温次郎は仁兵衛の前で帳簿を開き、なにやら商談中のようであった。

「あれ、また何かあったかね」

障子を開けた箕之助に温次郎は上体を起こし、身をよじった。

「はい。きのう温次郎さんに調べてもらったことで、旦那さまにお願いがあり」

箕之助は部屋に腰を据えた。仁兵衛と温次郎の話が中断されたなかに、

「実はけさがた金杉橋の川原で……」

話した。

「えっ。おサエさんを後妻に入れるというお人が！」

温次郎はきのう聞き込んだばかりの話の思わぬ展開に声を上げ、

「うーむ」

仁兵衛は腕を組んだ。状況はきのうのうちに温次郎から聞いている。

「八丁堀は茂平左さんの死因を、どのように見ようとしていなさるか」

その探りを仁兵衛に依頼するために来たのだ。篠が昨夜大和屋に来た件も箕之助から聞かされた仁兵衛は、

「ほう。お篠さんとやらは、後妻が入るという話は知らなかったと？」

呟くように言い、

「芝一丁目の軽駒屋さん、箕之助の大事なお得意さんなのだなあ」

奥まった小さな双眸を動かし、

「嘉吉、ちょっと来なさい」

障子越しに廊下へ声をながした。直接店場に聞こえなくても、女中が聞いてすぐ店のほうに伝える。嘉吉は廊下を走りこんできた。気になっている話にお呼びがかかったのだ。

仁兵衛は辻駕籠を呼ぶよう命じ、

「温次郎、店のほうを頼みますよ」

供に嘉吉をつれていくことにしたのだ。これから蓬莱屋と浜松町、芝三丁目を何度も走らねばならないかもしれない。きのうとは違い、走れば息切れする温次郎より、若い嘉吉のほうを適任と判断したのだろう。嘉吉の目は輝いた。

箕之助はひとまず大和屋に引き揚げ、嘉吉のつなぎを待つことになった。


駕籠は古川沿いの往還を下って金杉橋から浜松町に入った。八丁堀ではなく、同心たちが出張《でば》っている自身番に向かったのだ。砂ぼこりを上げながら嘉吉は駕籠に伴走した。浜松町では奉行所から出張ってきた同心や小者など、橋に近い一箇所の自身番だけでは入りきれず、となり町の自身番も金杉橋の一件の詰所にあてられ、人がせわしなく出入りしていた。そのことからも茂平左の死が事故などではなく、なんらかの〝事件〟であることを物語っている。

もとより仁兵衛は、浜松町一帯を縄張にしている常町廻《じようまちまわ》りの同心が誰かを知っている。一人は辻屋の一件を扱った同心である。自身番から野次馬たちを蹴散らすように出てきた岡っ引にその名を告げると、

「へい。もちろんお出《い》でになっておりやす」

と、鄭重に中へ招じ入れられた。同心たちにとって、町の噂や動静を知るためには、定期的な見廻りはもとより岡っ引たちの耳目だけでは窺い知れぬことが多い。その意味からも八丁堀の面々は献残屋には一目置いている。町の岡っ引たちの対応も、他のお店《たな》のあるじに対するのと違ったものになるのは自然のことであった。実際に、いま岡っ引が近辺で集めている噂は、すでにきのう温次郎が聞き取っているのだ。話すほうも、岡っ引に対するよりも自然に話しているはずである。

仁兵衛は二カ所の自身番に上がった。その一カ所で嘉吉がそっと耳打ちした。

「あれがおサエさんでございます」

するともう一カ所にいた年増の女は篠ということになる。

「ふむ」

仁兵衛は頷いた。サエと篠がいたのは別々の自身番だった。二人を一緒の場には置かない。同心たちが二人のいずれかを怪しいと見ている証拠である。ものものしい同心たちの出張《でば》りようも、明らかに事件に対するものだ。単なる酔っ払いの転落死や行き倒れなら、自身番の町役たちの段階で処理してしまうはずある。

大和屋には、芝一丁目の軽駒屋のようすが入っている。もちろんもたらしているのは留吉である。志江に頼まれ、もう二度ほども風の中に大和屋と軽駒屋を往復していた。

「すまないねえ、留さん。せっかく棟梁から休みをもらってるっていうのに」

「へへ、休みだから走れるんでさあ」

蓬萊屋から戻った箕之助が申しわけなさそうに言うのへ、留吉は自分の出番に満悦しているようだ。野次馬根性が旺盛でいつも動きたがるところは、蓬萊屋の嘉吉とおなじである。箕之助にとっては頼もしい存在だが、いま進行している事態には目を細めてはいられない。留吉は聞き込んでいた。芝一丁目の町役たちの出入りに加え、おそらく悋気構のお仲間たちであろう、町内の女衆も軽駒屋に駈けつけ、街道の往来人も何事かと店の前で足をとめているという。もちろん留吉は店の中ものぞきこんでいた。

「あっしもこの目で見ましたぜ。茂吉さんはつき添った町役さんの一人と一緒に帰ってきなすった。蒼ざめていなすった。あたりまえでさあ。聞けばホトケは茂平左さんに間違《まちげ》えなかったらしい。え？　篠さんですかい」

「まだですぜ。帰《けえ》っていなさらねえんで。もちろん軽駒屋から出てきた近所のおかみさんに聞き込みを入れましたさ。浜松町の自身番に、ホトケと一緒に留《と》め置かれてるって。それで芝方の町役さんが一人、橋向こうに走ったらしいですよ。ホトケも篠さんも、いつ戻ってくるか分からないって。なにしろ橋向こうじゃお役人が何人か出張って、土地の岡っ引もあっちこっち忙しそうに走りまわっているらしいですぜ」

語る留吉はますます興奮の色を帯びてくる。

「こりゃあ箕之助旦那。志江さんも気をしっかりお持ちなせえ。ともかくただごとじゃありやせんぜ」

と、また駈け出した。三度目の物見《ものみ》である。

しかし、帰ってきてから言った。

「動きが見えませんや。軽駒屋め、大戸を降ろしちまいやがった。近所のお人らがまだ店の前にいたので訊いてみましたさ。やはりホトケも篠さんもまだ戻ってきていねえって。橋向こうはいってえどうなってるんだろうねえ。ともかくそれの知らせだけでもと思って帰《けえ》ってきたんですがね。まだ明るいや。なんならいまから金杉橋までひとっ走り行ってきやしょうかい」

その橋向こうにはいま、仁兵衛と嘉吉が行っているはずである。留吉は三和土に立ったままハアハアと息をついている。

「留さん、疲れたろう。ともかく上がってお茶でも飲みなよ」

「そう、そうしてください」

玄関に音がするたびに箕之助と一緒に店場に走り出ていた志江が応じ、奥へ入った。留吉にお茶の用意をすると、

「あたし、ちょっと一丁目の湯に行ってみる」

糠袋と手拭を取った。まだ女たちの多い時間帯である。さらに詳しい話が聞けるかもし

れない。風は朝から弱まりも強まりもせず、まだ吹きつづけている。

「ふむ。わたしも暗くなりかけた時分に二丁目か三丁目の湯に行ってみるよ」

「俺も」

箕之助と留吉の言葉を背に志江が廊下へ出たときだった。玄関口から、

「箕之助旦那ア」

腰高障子の開く音とともに大きな声が入ってきた。

「あっ、あの声は」

嘉吉である。そのまま志江は廊下を走り、箕之助と留吉もつづいた。嘉吉は三和土に立ったまま、

「あっ、留吉さんも」

「あたぼうよ。いままで何度も芝一丁目の軽駒屋に聞き込みを入れてたのよ」

「そうでしたか」

嘉吉は納得した顔になり、

「やはり、殺しでした。目撃者も出ました」

「えっ！　そこじゃなんですから、さ、上へ」

志江が手招きする。湯へ行くのはお預けである。

居間で四人が卓袱台を囲んだ。嘉吉も走ってきたのかさきほどの留吉同様、志江の出し

た茶を二杯ほど立てつづけに飲んだ。

「大旦那と一緒に、わたしも死体を見せてもらいました。喉を一突き、傷がありました。八丁堀の旦那がおっしゃるには刃物ではなく、錐《きり》か簪《かんざし》の柄のようなもので刺した痕《あと》だ、と」

嘉吉はまた湯呑みを口に運んだ。留吉は固唾を呑んだ。箕之助も志江も同様である。嘉吉はつづけた。

「刺し傷はそれだけで、あとは川原に落ちたときの打ち身らしく。もし茂平左さんが警戒していない相手だったなら、女でもできる仕事だ……と、八丁堀の旦那方はそのように」

しかも妾宅《しょうたく》からの帰りなら、酒が入っていても不思議はない。そこを警戒しない相手から喉を一突きにされ、刺した側は引き抜くなり組打ちのように体をあずけ、欄干から落としたと同心たちは判断したようだ。犯人にとって誤算だったのは、それが流れの上ではなく川原で、すぐに発見されてしまったということか。なるほど役人は、死体を遺族に引き取らせないはずである。さらに検死しなければならないのだ。

「目撃者というのは？」

箕之助が間合いを埋めた。

「それですよ。向こうの町役さんが見つけてきたらしいです。きのうの夜、木戸が閉まるすこし前くらいに、橋の近くに住んでいる人が増上寺の門前町で一杯引っかけ、ほろ酔い機嫌で帰ってきたところ、橋の上で男と女の影を見たらしいのです。最初は提燈が点いていたのがすぐに消えたので、この寒いのに橋の上でいいことしやがってと思い、そのまま脇道の家に帰ったらしいのです」

「それがまさか、篠さんだというのでは」

志江が絞り出すような声を入れた。

「そう、そこなんですよ」

嘉吉は篠とサエが別々の自身番に留め置かれていたことを話し、

「土地の岡っ引が近辺に聞き込みを入れたところ、ほれ、きのう、うちの番頭さんが聞き込んでこられたこと、それが浮かび上がったらしいのです」

「えっ。蓬萊屋の番頭さんが聞き込んできたことって？」

留吉が怪訝そうな声を入れた。

「それは——」

箕之助が口早に説明した。サエが浜松町一丁目の大振りの軽駒屋に後妻として入り、茂吉と篠の夫婦が小さな浜松町軽駒屋に移るという一件である。

「えっ、そんな話があったのですかい」

留吉は驚いた表情になった。

「おサエさんもそれを言い張り、旦那にいま死なれて一番困るのはあたしですよ、と自身番で泣き崩れていたそうですよ。その泣き声、わたしも大旦那さまも聞きました。町の噂とおサエさんの言い分は一致しているのです」

「八丁堀の旦那がたも、そう言ってなさるのか」

「へえ」

箕之助の問いに嘉吉は答えた。そうなれば、篠は断然不利である。それどころか、動機すらあったことになるのだ。

「わたしが大旦那さまに言われてここへ走るすこし前でした。おサエさんは町内預かりということで家へ帰され、篠さんはそのまま留置《とめお》きとなったのです。まだお縄までは打たれていないようですが、あるいはもう芝には帰ってこられないかも……」

「そんなことって！」

嘉吉の話へ志江はさえぎるように口を入れた。

「おサエさんていう女《ひと》と篠さん夫婦が店を入れ替わる話、篠さんは知らないことなんですよ。あっ、そうだ。そのおサエさんて女、篠さんを陥《おとし》れるため自分でそんな噂を撒き散らしていたのでは」

それはいま、箕之助の脳裡にも閃《ひらめ》いたことである。

「嘉吉どん。それで旦那さまはいま何を」

「そのことなんですが、大旦那さまもいま志江さんがおっしゃったとおりのことを言っておいでした」

「やはり」

　箕之助は相槌を入れた。仁兵衛もすでに、箕之助から昨夜の篠のようすを聞いているのだ。

「ともかく大旦那さまはまだ浜松町の自身番においでです。遺体と篠さんのいる自身番のほうです。それできょうは遅くなりそうだからあしたの朝、できるだけ早く箕之助さんに赤羽橋のほうへ来てくれるようにと」

　浜松町のようすとその言付けを伝えるため、嘉吉は大和屋に走ってきたのだった。

「それではわたしはこれで」

　嘉吉が腰を上げかけると、また玄関口に訪いの声があった。舞である。勇んで居間に上がるとそこに兄の留吉と蓬莱屋の嘉吉が来ていることに驚きながらも、

「ねえねえ、聞いた？　けさ金杉橋の下に土左衛門が上がったって。それがなんとも軽駒屋の茂平左さんらしいのよっ」

　それを話したくて早めに帰ってきたようだ。きょうのような風でも、茶店に客は少なかったのだろう。

　田町八丁目あたりでは、噂に茂平左の名は伝わっているものの、まだ〝土左衛門〟の域を出ていないようだ。

「だからおめえは頓馬《とんま》だっていうんだ」

留吉に出鼻をくじかれ、

「なによ！」

舞は反発したものの、やはり話が具体的にもっと先へ進んでいることに驚愕を禁じ得なかった。そのせいでもあろう、すぐ志江と一緒に「行きましょう、行きましょう」と芝一丁目の湯屋に行ったのだが、湯舟に交わされる話は、

「まさか篠さんが茂平左さんを……信じられるかね」

「きっと間違いさ。今夜かあしたにでも、ひょっこり帰ってくるわよ」

と、その段階であった。

嘉吉は大和屋の玄関を出るとき、

「では、あす」

と、関心に満ちた目を箕之助に向けていた。あす仁兵衛がどのような話をするか、期待を持っているのは箕之助のほうである。

「うむ」

嘉吉に力強い頷きを返した。仁兵衛はもちろん浜松町の自身番で、温次郎が聞き込んでいた内容を同心たちに話し、昨夜篠が金杉橋とは逆方向の芝三丁目の大和屋を訪れたこと、それに箕之助から聞いたそのときのようすも語っているはずである。八丁堀にすれ

ば、まさに定期的な見廻りや岡っ引の聞き込みでは得られない、隠れた内容であろう。仁兵衛は同心たちがそれを重視する感触を得たからこそ、サエという女への疑念にいっそう確信を持ったのであろう。

五

昨夜、志江が芝一丁目の湯から帰ってきたあと、箕之助と留吉は近くの芝三丁目の湯に行った。湯を出ると、

「——箕之助旦那、どうなってるんですかい。話が違うじゃありやせんか」

すでに暗くなった帰り道に留吉は言ったものだった。ほとんど男ばかりの時間帯となった湯舟の中に飛び交う声は、

「——どうなってんだい。嫁が義父《おやじ》を刺すなんてよ」

「——茂平左の父つぁんも隅におけねえぜ。橋向こうに女がいたってよう」

と、浜松町の自身番から死体も返されず茂吉だけが帰ってきたことに、篠が殺《や》ったと決めつけるものばかりとなっていたのだ。

「——おまえさま。あたし、黙ってはおられません」

志江は二階の寝間で行灯の明かりを吹き消す前、言ったものである。その夜、二人とも

眠れなかった。

　朝になり、

「降るかもしれないなあ」

「だったらなおさら早く行かないと」

　箕之助と志江がおもてに出て曇り空を仰いだとき、ちょうど寅治郎が店の前を通りかかった。これから箕之助だけでなく、夫婦そろって蓬莱屋に行こうというのである。

「ほう。だったらきょう降るかもしれないから、そうなれば舞が早く帰るだろう。大和屋の留守番をするよう言っておこう」

　寅治郎は立ちどまり、ふところ手のまま言った。昨夜、軽駒屋の概略は舞と留吉から聞いただろうが、さほど興味を持ったようには見えない。きのう舞が早めに帰ったあともそうだったが、きょうも雨が降り出してもいずれかの縁台に座り、街道を行く人を見つめるというよりも、顔をさらしつづけるつもりであろう。

「え、えぇ。お願いします」

　戸惑うように返した箕之助の声を背に、寅治郎はいつものように悠然と田町の方向に歩を進めた。

　街道の往来人は荷馬も大八車も含め、雨の降るのを見越してか、いずれもせわしなげであった。雲がなければ、冬の陽光がすでに往還にも町家にも万遍なく降りそそいでいる時分である。二人は少しでも早くと、金杉橋の方向へは進まず武家地の近道をとった。

蓬萊屋では、温次郎が仁兵衛や嘉吉からその後の浜松町のようすを聞いていたのか、

「おや、夫婦そろって。いよいよ踏み入ってしまったのかね」

と、箕之助が夫婦で来たことに気の毒そうな表情をつくった。

「というよりも、捨てておけませんから」

志江は返した。

奥の中庭に面した部屋には嘉吉も呼ばれた。増上寺からの読経の響きが終わったばかりである。きょうは樹林のざわつきも聞こえてこない。そのなかに、

「ほう、志江さんも来なさったか」

と、仁兵衛は志江に双眸を向け、

「事は篠さんとやらに関してのことです。そのほうがいいかもしれません。お気持ちは分かりますすよ」

と、話しはじめた。

その話から箕之助と志江は、仁兵衛が昨夜同心たちに篠が殺したと判断するには不可解な点が多すぎることを話したのを知り、わが意を得たような頷きを示した。かたわらで嘉吉も相槌を入れるように頷いていた。

「ところで箕之助に志江さんや」

仁兵衛は小さな双眸をあらためて二人に向け、

「おまえさんたち、これをどう収めたいね」

問いかけるように言った。

「どう収めると申されても……ただ、篠さんへの疑いを解きたい、と」

「そう。それだけなんです」

箕之助が言ったのへ、途切れることなく志江がつないだ。

「ふむ」

仁兵衛は頷き、

「そのためには、一人の隠れた犯行を暴《あば》かねばならぬことになるが、その覚悟はできているだろうねえ」

重々しい口調に、箕之助と志江は戸惑いのなかにも頷きを見せた。たとえ真犯人であっても、自分自身に憎しみや怨みがない限り、それを暴くのはいい気分のものではない。

(篠さんを救うため、仕方がないのだ)

箕之助も志江も、自分自身に言い聞かせた。仁兵衛はつづけた。

「儂《わし》はなあ、温次郎の聞き込みや篠さんが志江さんを訪ねていった話、それにきのうの自身番でのおサエのなあ、前向きすぎるような言い立てなどから、芝の軽駒屋の後妻に入るという話、おサエが勝手に言いふらしていたのではないかと思ってな」

「つまり、篠さんが茂平左さんを殺《あや》める動機をまわりに印象づけようと」

「あたしも、それを思っていたのです」

また箕之助の言葉に志江がつないだ。

「ともかく八丁堀の旦那衆に、目を慥《しか》とおサエに向けさせねばならぬ。きょうはそれの念押しをと思うてな。これはやはり、志江さんが一番適任かもしれんわい。これ、嘉吉。駕籠を三挺、至急にな。おまえも一緒だ」

「へえ」

嘉吉は腰を上げるなり廊下を走った。

「あのう、この時刻では八丁堀の旦那がたはまだ浜松町には」

箕之助が言ったのへ、

「案ずることはない。昨夜は八丁堀がそれぞれ浜松町の自身番に泊まりこむと言っておった。さいわいお二方《ふたかた》とも、うちが献残物を買取っているお方でなあ」

仁兵衛はニヤリと笑って腰を上げ、

「それにしても、おサエにどんな動機があったのか、それが分からん」

首をかしげた。これには箕之助も志江も、思いつくものはなかった。サエの言い分どおり、いま茂平左が死んで一番損をするのはサエ自身なのだ。それに、後妻の件が事前に言いふらしていたこととすれば、犯行は計画的ということになる。そのサエに同心たちの目を向けさせるのが、きょうのこれからの目的である。

おもてに出て辻駕籠が三挺そろうのを待つあいだも、仁兵衛は言っていた。

「さいわい、昨夜おサエは解き放ちになったものの、まだ町内預かりだ」

町役たちの監視下に置き、拘束ではないが奉行所からの解除があるまで町から外には出さないという措置である。

赤羽橋を越えた町家のほうから、嘉吉と丁稚たちがそれぞれ辻駕籠を引きつれ走り戻ってきた。

三挺の駕籠はきのうとおなじ古川沿いの往還を下り、嘉吉はまたそのうしろを勇んで走った。駕籠に揺られながら、志江の心は逸《はや》った。いまも篠は、自身番の奥に拘束されているのだ。八丁堀の大番屋に送られたなら救出は困難となる。牢問《ろうとい》のあと待っているのは小伝馬町の牢屋敷である。義父とはいえ親殺しとなれば、打ち首に獄門（さらし首）は免れまい。

自身番の前にはきのうほどではないものの、近辺の者であろうか七、八人の男女が群れていた。いずれも険しい顔つきをしている。なにしろ中に義父殺しの大罪人が死体とともに昨夜から拘束されているのだ。将来を失ったサエがいま、町内の小さな店の中で打ち沈み泣いているのは、これまでの噂から町の住人が一番よく知っていることなのだ。

自身番の中の構造は、腰高障子を開けると広い土間があり、一部屋か二部屋、町役や書役たちが詰める畳の間があり、その奥が町内で捕まえた胡乱な者を暫時拘束する板壁に板敷きの部屋となっている。土間には刺股《さすまた》や突棒《つくぼう》が立てかけられ、捕縄《とりなわ》や提燈などがならべられている。

その土間の隅で莚《むしろ》をかけられているのは、茂平左の遺体である。同心に出迎えられた一行はそれに手を合わせ、畳の間に上がるなり志江がいきなり奥に向かい声を上げた。

「篠さん！　いましばらくの辛抱っ。疑いはきっと晴れますから！」

「おっと、それは許されませんぜ」

同心の背後についていた岡っ引が険しい表情をつくった。岡っ引は仁兵衛たちが来たときから険しい顔つきをしていた。

(聞き込みは俺の役目なのに、余計な口出しをするヤツらがいやがるぜ)

そのような顔であった。

「志江、落ち着け」

箕之助が低声で諌《いさ》めたのへ、仁兵衛も頷き、

「そういうことだ」

同心は苦笑いの表情をつくった。昨夜の仁兵衛の話で、篠を犯人と決めつけることに躊《ちゅう》躇《ちょ》しはじめていることが、その顔つきからうかがえる。

畳の部屋に座してから、

「あの噂など、篠さんは知らないことなんです！　知らないことが、なんで動機などになりましょうかっ」

志江は口角泡を飛ばした。かたわらで書役が内容を書き取っている。そこに町役と同心が爪印《つめいん》を捺《お》せば、自身番から奉行所に提出される重要な調書の一部となるのだ。語る志江の声は、奥の板敷きの部屋にも聞こえていよう。

（篠にとって、これほど心の支えになるものはあるまい）

箕之助と仁兵衛は感じている。嘉吉は土間に遺体と離れて控えている。

もちろん志江はその日に篠が大和屋へ来たことも茂吉が迎えに来たことも話したが、これは無実の証にはならない。金杉橋の上で男女の姿が目撃されたのは木戸が閉まるすこし前で、芝三丁目から走り、橋で待ち伏せることは不可能ではないのだ。酔っていたことを話せば、かえって心証を悪くするだけだろう。

「噂はきっと、サエとかいう女が自分で！」

「これこれ、おまえの考えを聞いているのではないぞ」

志江が言いかけたのを、同心の一人が制止した。関わりのある者の主観は、調書の要件にはあてはまらないのだ。だが仁兵衛は、同心たちに言った。

「サエの以前《まえ》を洗う必要はありませんか。いかなる動機が隠されているかもしれないですからねえ」同心たちは頷いていた。後妻に入るとの噂をサエがみずからながしたものとすれば、かえってサエが怪しくなることは、きのうからすでに考えていたことである。二人いた同心はともに頷きを見せた。

「雨が降るかもしれません。お急ぎになったほうがよろしいのでは」

仁兵衛に催促され、片方の同心が部屋に控えていた町役たちと岡っ引に、

「篠と仏はもうしばらくここで預かってもらうぞ。おい、辻駕籠でいい、すぐ呼べ」

「ええ、いつまででございますか」

町役たちは口を尖らせた。その間、人と死体の預かりに関する出費は、同心や小者たちの飲み喰いも含め、すべてその町が負担しなければならないのだ。四日、五日とつづけば、町の大変な費消《ひしょう》となる。岡っ引も、

「へい」

返し、すぐおもてに出たものの、

(余計なヤツらが余計なことを言いやがって)

そのような顔であった。

駕籠はすぐに来た。自身番には同心が一人残り、岡っ引もふてくされたように部屋に残った。駕籠に乗った同心は、これからいずれかへ聞き込みを入れるのではない。奉行所に

戻って過去の記録にサエなる女に関するものがないか調べるのである。同心が急いだのは雨の心配などではなく、早く決着をつけ町の負担を少しでも軽減してやろうとの配慮からかもしれない。

「ならば儂らもこれで」

きょうの目的は達した。仁兵衛は腰を上げながら土間の嘉吉に、

「連絡用に残ってもらおうと思うておったが、雨になるかもしれない。一緒に帰ろう」

「へえ」

嘉吉も腰を上げた。志江も立ち、再度奥へ顔を向けたのへ、すかさず岡っ引が、

「困ると言ったはずだぜ」

厳しい口調をつくった。

同心に見送られ、外に出た。野次馬は十人ほどに増え、中から出てきた他町の者を怪訝そうに見ていた。

もう金杉橋にはいつもの大八車や荷馬の音が響くのみで、欄干に寄りかかって下を見ている野次馬はいなかった。四人は立ちどまり合掌した。

橋を渡ると、

「動きがあれば嘉吉をすぐ走らせるでのう」

仁兵衛は言い、嘉吉ともども川沿いの往還に曲がった。雨は降りそうだが、すぐにといった気配でないのがさいわいだった。

箕之助と志江はそのまま街道を、芝の方向に歩をとっている。辻駕籠が追い越し、向かいから急ぐように来る大八車とすれ違った。

「大丈夫かしら」

「あの岡っ引は気になるが、八丁堀の目は節穴じゃないと思うよ。それに、おサエさんとやらは、いったいどんな女なんだろう」

志江が言ったのへ箕之助は返した。

「奉行所でなにか分かればいいのだけど」

「ともかくあしたになれば、嘉吉どんがまた走ってきてくれるかもしれない」

「そうね」

雲のますます低くなった空を見上げ、二人は歩を速めた。

芝の街並みに入った。一丁目の軽駒屋は大戸を降ろしたままだった。二人の脳裡には、さきほどの自身番の奥に拘束されたままの篠の姿が浮かんだ。陽が出ていたなら、もう中天にかかっているころであろう。

二人が大和屋に戻ると中に人の気配がする。

「あら、舞ちゃんかしら」

志江が先に立って勝手口を入ると、

「無用心ですぜ。おもては閉めてても裏が開いてるなんざ。ま、あっしもさっき来たばかりだがね」

と、留吉が狭い裏庭から所在なげに台所のほうをのぞきこんでいた。ほんとうに来たばかりのようだ。

「おっ、雨だ」

志江のあとに箕之助が勝手口に急いで入った。降ってきたのだ。

「おっ、やっぱりご一緒だったのですかい。蓬莱屋さんだったんでがしょ。で、どんな具合でしたね？」

留吉は訊き、居間に座ると、

「きょうの仕事の段取りをつけようと新しい普請場に行ったら、この空模様でさあ。さっさと切り上げてよかった。ほんとに降ってきやがったぜ」

自分のほうを先に言い、

「で、なにか動きは？」

また訊く。やはり気になっているようだ。

「あゝ、動きといえば動きだが」

居間に入ってから箕之助が応えようとすると、また勝手口から人が飛びこんでくる音が聞こえた。

「わあ、もう少しというところで降ってくるんだもの」

舞だった。

「あぁあ、兄《あに》さんもぉ。あたしは日向の旦那に言われ、留守番しようと早めに走って帰ってきたのにぃ」

居間に留吉がいるのを見て不服そうに言う。

「なに言ってやがる。俺が来てて悪いかい」

「まあまあ、二人とも。それよりもきょうねえ、仁兵衛旦那と浜松町へ行ったのだよ、志江も一緒に」

「えぇえ」

「で、どんなようすで」

箕之助が割って入ったのへ、舞も留吉もとたんにいがみ合うのをやめた。

ようすを志江が話した。

「ちくしょー、許せねえぜ。サエとかいう女が仕組みやがったんならよ。いまから行って締め上げりゃいいじゃねえか」

「それで解決できるなら、とっくに同心の旦那方はやってるよ」

留吉が声を荒げたのへ、箕之助が応えた。

「だってよ」

留吉は返すが、あとに言葉がつづかない。居間には重苦しい空気がながれた。自身番の板敷きの部屋に拘束されている篠へ、居間の面々は思いを馳せたのだ。

「そう。いまはただ待つだけ」

志江が部屋の空気を埋めるように言い、

「で、舞ちゃん。日向さまは？」

話題を変えるように舞へ顔を向けた。舞は応じた。

「そのほうも心配なのよ。いまもどこかの縁台に座っているはず。でもあしたは雨が一日中降ってもあたしのところが店を開くことになっているから、ずっと見張っていることができると思う」

いまでは、舞が寅治郎を見張っているのだ。部屋は二重の重苦しさに包まれた。

その日、落ち着かないなかに時の立つのだけが遅く感じられた。

六

きのう夕刻に一時雨脚《あまあし》は強くなり、けさは弱まっているもののまだ降りつづいていた。

舞と寅治郎は一緒に田町の茶店に向かった。いつもよりかなり遅い時刻だ。このような日は傘を差した上に裸足《はだし》である。道はぬかるみ、早朝は冷たくて出歩くことはできない。二人ともそれぞれ草履と下駄を足袋《たび》と一緒にふところに入れている。留吉はまだ裏店の部屋で掻巻《かいまき》にくるまっているのだろう。

待った。箕之助も志江も、外からぬかるみを踏む音が聞こえるたびに、

(嘉吉どん)

かと思い、腰を浮かしていた。早朝に寅治郎と舞がおもてを通ったときもそうだった。

その後、雨はしだいに小降りになり、午前《ひるまえ》には熄《や》んだ。

箕之助が、

「ちょっと三田二丁目の松平さまのお屋敷に行ってくるよ」

言ったのは午《ひる》をかなり過ぎてからだった。柿落としのあとが気になっていたし、それに出かけるのは気晴らしにもなる。雨は上がってもまだ裸足である。下駄と足袋をふところに入れた。こうした日、どこの家でも玄関や勝手口に足洗いの水桶を用意している。もちろん大和屋でも朝から三和土に志江が出していた。

(あたし一人のとき嘉吉さんが駈けこんできたらどうしよう)

志江は心配だった。

だが、来なかった。帰ってきた箕之助は言った。もう夕刻に近く、雲が薄らぎうっすら

と陽が射しはじめていた。

「きょう来なかったら、あしたにでもわたしが赤羽橋に行ってみるよ。どっちにしろ大八車を借りて嘉吉どんと一緒に松平さまのお屋敷に行かねばならないから」

商いはかなりあったようだ。志江もいくぶん気を落ち着けたものの、それでも心中に重いものをまとったまま、夕飯の用意にかかろうと店場から台所に向かった。

「あら？」

その足をとめ振り返った。箕之助も帳場格子の中で、

「来た！」

嘉吉である。腰高障子が開くなり、

「ささ、上がってください」

「その前に。わっ、冷たい！」

志江が言ったのへ、嘉吉は上がり框に腰を下ろし水桶に足を入れた。

「で、向こうの動きは！」

嘉吉がまだ足の泥を落とし終わらぬうちから箕之助は帳場格子から出てきた。

「はい。さっき奉行所の小者《こもの》の人が八丁堀の旦那の遣《つか》いだと店へ走ってきまして」

「ほう、それで」

「あったそうです」

「うっ、なにが！」

座は奥の居間に移った。

小者といっても同心の遣いだから相応の立場の者で、

「——捕方《とりかた》の一群を預かっている者でございます」

遣いは名乗ったそうな。小者頭《こものがしら》のようだ。用件は口頭だった。

八年ほど前の記録に、小石川《こいしかわ》のほうで小さな下駄屋を開いている親父《おやじ》が首を吊った事件があり、十八歳くらいの娘が一人残され、行方が分からなくなったらしい。それが奉行所の記録に残っているのは、近辺の噂では親父が実直で小金を貯めこみ、近いうちに店を大きくすると嬉しそうに話し、どこかに娘のいい婿はいないかと近辺の者にも頼み、突然首を吊るような動機はなく、不審に思ったその町の岡っ引が一応の聞き込みを入れ、同心に報告していたからであった。

娘はすぐに失踪したため自殺の原因は分からずじまいであったが、近所の者が野《の》辺《べ》送《おく》りをした日、娘は「お父つぁんは馬鹿ですよ。人に騙《だま》され、せっかくの夢を持ち逃げされちまったのさ」と周囲に言っていたらしい。その娘の名をサトといった。サエと似ている。

同心の遣い者は、

「——あしたの朝にも小石川の岡っ引がサエとやらの面通しに浜松町の自身番に来るそうで。その前に、芝一丁目の軽駒屋の開業はいつだったのか訊いてこいと言われまして」

それで蓬萊屋に走ったというのである。

「えっ」

箕之助は声を上げた。軽駒屋の開業は八年前であり、それは箕之助も知っている。当然ながら遣いの者に、

「――そのようなことを岡っ引じゃなく、なんであんたが？」

仁兵衛は訊いた。

「――それが……」

と、遣いの者は口ごもったがつづけた。

きょうになってようやく事態が変わりはじめている気配が周囲にも伝わり、そこで町役の一人が同心にソッと言ったらしい。

「――実は、あの日の夜、木戸の閉まるころだったらしいです。町の者が橋のほうからおサエさんが灯《あか》りも持たず帰ってくるのを見たらしいのです。はい、つい混乱していてお話しするのを失念しておりまして」

町役にすれば、自分の町内の者に疑いの目が向けられるのを避けたかったのであろう。重要な証言を伏せていたのだ。新たな目撃者の出現は大きい。同心は怒鳴りつけたいのを我慢し、岡っ引のほうを問い詰めた。町役といえば町の自身番の維持費をまるごと支えている、町内の大店のあるじや地主たちなのだ。同心とはいえ高飛車に出ることはできな

い。だが岡っ引は、小遣いを与えて私的な耳役にしている便利人にすぎない。

岡っ引も当然それを聞き込んでいた。遣いの者は言った。

「――他所《よそ》の町の女が拘束されたことでもあり、同心の方に報告しなかったのは、それで収めようと思ったからでしょう」

それを話す遣いの者は、町の岡っ引や町役たちとは何の利害関係もないのだ。

「――馬鹿野郎！」

同心はその場で岡っ引を殴り倒し、

「――それでわたしが遣いに立ったわけでして」

「――ほぉう。それは、それは」

仁兵衛は得心し、すぐ温次郎を呼んで幾許《いくばく》かのおひねりを遣いの者に包み、嘉吉は仁兵衛に言われ雨の上がっていたのをさいわい、泥道のなかを大和屋に走ったのである。嘉吉はつづけた。

「どうやら遺体はきょう中にも払い下げになり」

「えっ。それじゃ篠さんは！」

志江が身を乗り出した。

「帰れるとすれば、あしたの朝早くか、それともきょう中かもしれないと遣いのお人が。それで大旦那さまが箕之助旦那に、浜松町に行って篠さんが出てくるのを待ち受けてやればと言っておいででした。もちろんわたしも大旦那さまにようすを知らせなければなりませんので、あしたの朝早く浜松町へ見に行くつもりです」

「あたし、あたしも行きます」

嘉吉の言葉に志江は上気した。

浜松町の事態は、まさしくその方向に進んでいた。遣いの者がまだ蓬萊屋にいる時分だった。同心はサエに禁足令を出した。町内預かりなら近所には出歩けるが、禁足令なら家から一歩も出ることは許されず、湯屋にも行けないのだ。もちろん、奉行所の小者が見張りにつく。同時に、他の小者が芝二丁目の自身番に走った。遺体の払い下げである。なるほど冬場とはいえ、顔の容《かたち》はとどめているがそろそろ臭いはじめるころでもある。

茂吉は丁稚二人をつれ、用意していた棺桶《かんおけ》を背に浜松町に走った。薄日が射しているものの寒空に三人とも裸足に尻端折《しりはしょり》である。向かいから来る往来人が道を開け振り返っていた。芝二丁目の町役が一人、辻駕籠でつづいた。ぬかるみの日など余分に酒手をはずまなければならないが、つき添いは同心からのお達しだったのだ。受取りに爪印を捺《お》すためである。

浜松町の自身場ではひと悶着あった。泥足のまま茂吉は広い土間で莚の遺体と奥へ交互に目をやり、

「おしのーっ」

叫んだ。奥の板敷きの間からも、

「おまえさーんっ」

聞こえた。

「野郎！　誰が話していいと言った」

険しい形相をつくったのは、さきほど同心に殴り倒された岡っ引であった。つき添ってきた芝一丁目の町役も茂吉を強い口調でたしなめた。

その場で芝一丁目の町役に申し渡された。

——死体を自宅に運びしだい、茂吉を町内預かりとせよ。ただし、葬儀に出るは町役の差配においてお構いなし

芝一丁目の町役は納得した。篠との共犯の疑いが完全に晴れたわけではないのだ。篠を解放したあとの一応の歯止めであろう。当然、篠も解き放しになったとしても、しばらくは町内預かりになるだろう。町には余計な仕事が増えるわけである。つき添ってきた芝一丁目の町役は、茂吉を冷たい目で見た。丁稚二人はただ狼狽しながら、茂吉が茂平左の遺体を棺桶へ移すのを手伝っていた。

そのすこし前、浜松町の町役が奉行所の小者数名とともにサエの下駄屋に行き、禁足令の出たことを告げた。そのとき、

「――えっ」

サエは低く、驚愕の声を上げたという。浜松町の町役が、

「――あんた、以前は小石川に住んでいたんだって？　あした、その小石川の岡っ引がこっちへ来るらしいよ」

言うと、サエの顔は蒼ざめたらしい。そのときのようすを町役は同心に話していた。同心はますますサエへの不信感を強めた。

外はまだ明るい。雲が薄くなったせいもあろう、午前より明るく感じられる。

「嘉吉さん。あしたと言わず、きょう、いまから行きましょう！」

大和屋の居間で志江は言い終わらぬうちに、もう腰を浮かせていた。

「嘉吉どん、行こう」

箕之助もそれにつづいた。

「いまからですかぁ」

言いながらも嘉吉は頷かざるを得ない。あした行く予定だったのだ。

「さあ、嘉吉どん。きょう中に旦那さまへ、いい知らせができるかもしれないぞ」

嘉吉は箕之助から肩を引き上げられるように立ち上がった。

三人は裸足のまま三和土に降りた。腰高障子に人の影が立った。舞だ。

「あれえ、どうしたんですか？　蓬萊屋の嘉吉さんまで。それにお姐さん、その格好」

腰高障子を引き開けるなり、舞は裸足になっている三人を見て目を丸くした。志江は田町八丁目から歩いてきた舞とおなじように、下駄をふところに入れ着物の裾《すそ》をたくし上げ帯にはさんでいるのだ。

「そう、これから浜松町まで」

志江は簡単に経緯《いきさつ》を話した。

「わっ。あたしも行く！」

舞は敷居の外に立ったままである。言うなり三人を先導するように歩き出した。

「舞ちゃん、きょうは早かったじゃないか。大丈夫なんかね」

「えゝ、ちょうどようござんしたの」

舞は劇的な変化が見られるかもしれないと上機嫌だ。店はきのうからきょう午前にかけての雨の冷たさがたたってか、あるじが老妻ともども風邪を引いてしまい、両どなりに断って早く閉めたらしい。

「それがちょうどいいと言うのもなんだけど、だから早めに帰れたんですよう」

逆に三人を急かすように足を速めた。

四人の足は芝一丁目を過ぎた。街道はまだぬかるんでいるのに、雨のときの分も含めてか、けっこう人通りは多かった。

「あっ、あれは」

嘉吉がまっ先に気づいた。荷馬の陰に棺桶を背にした男が目に入ったのだ。

「まっ。ご遺体、払い下げになったんだわ！」

志江が返した。茂吉である。そのうしろを丁稚二人が支え、横を芝一丁目の町役が不機嫌そうな顔でつき添っている。町役も下駄と足袋を脱ぎ、裸足である。四人は駈け足になった。

「茂吉さん！　もう、ご遺体を？」

「へえ」

走り、語りかけた箕之助に茂吉は返し、

「ですが」

言い、横の町役に視線を投げた。

「さあ、軽駒屋さん。早く」

町役は迷惑そうに先をうながした。これから茂吉を町内預かりにした上、葬儀の手伝いもしなければならないのだ。

「あたしたちも急ぎましょう」

志江はうながした。篠はまだ浜松町の自身番にいるのだ。ふたたび速足に歩き出した。

「このさき、どうなるかしら」

舞が息をはずませながら言う。

足は金杉橋にかかった。泥ではない板張りの感触に四人はホッとしたものを感じる。もうあたりは暗くなりかけ、沿道の飲食の店ではすでに提燈に明かりを入れているところもある。四人ははじめて提燈を持ってきていないことに気がついた。構わず歩を進めた。自身番はすぐそこなのだ。

自身番の大きな提燈にも明かりが入り、中では人が動いているようだ。死体の下げ渡し以外にも、なんらかの動きがいま進行していることは明白である。

「御免下さいまし」

箕之助が腰高障子を開けた。嘉吉がその横につづいている。

「おっ、いいところへ来なすった」

土間で振り返ったのは、蓬莱屋へ遣いに立った小者頭であった。

「いまね、蓬莱屋さん。お篠が解き放ちになった」

小者頭は言い、畳の間にいた同心も、

「おう、引き取りにちょうどいい。そこで待ってな、すぐ出てくるから」

同心に殴り倒されたという岡っ引も部屋にいたが、隅で無愛想に小さくなっていた。志江がいきなり三和土にあった桶に足を入れ、

「篠さん！」

泥を落とすなり水音を派手に立てて上がり框に跳び上がり、そばにいた町役の前をすり抜け奥へ走りこんだ。

「あっ、あぁ」

岡っ引が声を上げたが、制止するいとまはなかった。

「あぁ、志江さん！」

篠の声が聞こえた。

「おう、ねんごろにな」

声は板敷きの部屋にいた同心のようだ。あとは静かになった。帰宅にそなえ志江が篠の鬢《びん》のほつれを撫で、ゆるんだ髷を締めなおしはじめたのだ。

「やはり女の解き放ちには女手が必要なようだなあ」

おもてのほうの同心が言う。箕之助たちはまだ三和土に立ったままである。舞は自身番の奥など見たことがない。自分も上がりたそうにしていたが、箕之助が手でとめた。できるだけ平穏のなかに篠をつれて帰りたかったのだ。

同心と志江につき添われるように、篠が奥から出てきた。やつれてはいるが、さすがに武家の出か意気消沈などしておらず、安堵のなかにも憤怒の形相をこしらえていた。

「あっ。志江さんだけじゃなく、旦那さんも。まっ、そちらはたしか蓬萊屋さんの？」

さっき志江に思わず声を上げたときもそうだったのであろう、一瞬感動の表情を見せ、

すぐ険しい顔つきに戻り、

「あんただね！　いいかげんな岡っ引はっ」

部屋の隅で小さくなっている岡っ引に目を向けた。板敷きの部屋に拘束されて以来、おもての部屋での変化は刻々と耳にしているのである。

「な、なにぃ」

岡っ引は反発の姿勢をとったが篠はそれを無視し、

「帰る前に、あたしゃ是が非でも見ておきたい顔があるんですよう」

三和土に下りるとすでに暗くなっている外へ敷居を跳び越えた。この素早い動きに居合わせた町役たちは唖然とし、

「ん、どうした？」

同心も首をかしげ、箕之助たちもその元気さに安堵するよりも驚いた。舞はかたわらで初めて見る篠に茫然としている。

「ちょっと待って、篠さん」

志江は慌ててあとにつづいた。行く先は分かっている。さっき篠は志江に鬢のほつれを撫でてもらいながら、奉行所の小者に浜松町軽駒屋の場所を訊いていたのだ。暗いぬかるみの枝道に志江は追いついた。自身番の中では、

「あの女！　引き戻してきやすぜ」

岡っ引が三和土に跳び下りた。

「よしな」

同心が岡っ引のえり首をつかまえた。

「痛《いて》っ」

岡っ引は勢いよく上がり框に尻餅をついた。

「行かせるんだ。向こうの女、おもしれえ尻尾《しっぽ》を出すかもしれねえ。おまえも来い」

小者頭に命じた。さすがは仁兵衛の言を取り入れて解決の端緒を開き、またそれを知らせに蓬萊屋へ遣いを立てるほどの同心である。サエが突然篠の顔を見ればどう反応し、何を言うかを見ようというのである。そこに重大な決め手になるものが出てくるかもしれないのだ。気の利いた計らいである。暗いなかに篠は裸足の歩を進めた。

「篠さん！」

志江が篠とならんだ。篠は歩を踏みながら言った。

「志江さん、驚かしてごめんなさい。あたしゃねえ、あの女の顔を一目見て、それでこの件は終わりにしたいんですよ」

「そうですか」

竹を割ったようなというべきか、志江は頷きともに歩を進めた。背後に同心と龕燈《がんどう》を持った小者頭がつづき、

「あたしも」

舞も飛び出し、箕之助と嘉吉もつづいた。

遠くはなかった。雨戸を閉めた店の前に捕方が二人、六尺棒を持って立っている。二人は人の影が近づくのに緊張の構えを見せたが、女と分かって気をゆるめたようだ。背後に見える明かりも提燈ではなく奉行所の龕燈であり、安心感も手伝ったのであろう。捕方は六尺棒を軽く持ちなおし、

「なんだ、この町の者か。どうした」

誰何《すいか》してきた。

「あい。明るいうちに来ようと思っていたんですが、ちょいとサエさんに話がありましてねえ」

なかなかの役者である。篠は中まで聞こえる大きな声で言った。

「ねえサエさん。明かりを点けて戸を開けてくださいな。お話が」

板戸を叩いた。

返事がない。

「逃げた！」

篠が思わず低声を吐き、志江も同時にそれを感じた。元武家娘と武家奉公十年の二人である。一応の心得はある。背後に立っていた捕方の六尺棒を奪うように取るなり雨戸を蹴

破り、中に飛び込んだ。暗い。それでも狭い三和土から板の間に跳び上がった。

「お、おい。なにする！」

捕方たちは闇の中になにが起ったか理解できぬ態である。

足に下駄の散らばっている感触がある。二人はまだ裸足である。とっさに手探りならぬ足探りに履き、六尺棒を小脇に奥へ踏み込んだ。

「あぁあ」

人の声だ。慌てている。サエがいままさに逃げようとしていたのだ。まだ明るい時分に禁足を告げられたときからサエは事態の急変を悟り、凝《じ》っと外の暗くなるのを待っていたのだ。だが一足遅れた。

「サエさんだね！　軽駒屋の篠さ」

気配に向かって投げた声は確実にサエを射ていた。

「えっ！　シ、シノ!?」

声とともにいきなり飛んできたのは箱枕《はこまくら》か、篠の脇腹をかすめた。

「エイッ」

志江が気配めがけて六尺棒を振り降ろした。お屋敷で覚えた薙刀《なぎなた》の作法である。手応えはあった。

「アアァッ」

闇に呻き声が上がる。肩を打ったのだ。こうなれば見えずとも対手の所在は分かる。

「さあ、顔を見せなさいっ」

篠が薙刀ならぬ六尺棒の先端を素早く送り込んだ。

「ウグッ」

違《たが》わずサエの腹部を突き、その身が崩れ込むのへ合わせたか、志江の六尺棒がサエの肩から全身を押さえ込んだ。

「どうした！　大丈夫かっ」

龕燈の明かりとともに同心が部屋に飛び込んできた。異変を察知し走ってきたのだ。背後にはまだ事態の呑みこめない捕方二人と、箕之助、嘉吉、それに舞がつづいている。龕燈の明かりが志江と篠の六尺棒とそれに押さえ込まれた女を闇に浮かび上がらせた。瞬時に近い出来事である。

「す、すごい！」

舞は目を見張った。

サエが逃亡しようとしていたのは明らかである。禁足令が出たというのにぬかるみでも歩けるように旅用の草鞋《わらじ》を足に結び、ふところには家中からかき集めたのか小粒で七両ほどの金子を持っていた。日常に持ち歩くには大金過ぎる。申し開きはできまい。サエは自白にも匹敵する尻尾《しっぽ》を見せたのだ。龕燈の明かりの中で同心は唸った。

「女両名、手柄ぞ！」

七

浜松町の自身番周辺以外に人の動きはない。街道も冬の闇に沈んでいる。そのなかに、抑えても下駄の音は消せない。

「この響き……だったんでしょうねえ」

志江がポツリと言った。金杉橋の上である。箕之助が持った提燈の灯り一つに、志江と舞、それに篠は立ちどまった。夜中になれば裸足ではさすがに冷たく、指先の感覚までがなくなる。まだ歩きにくくても、足袋に下駄を履いていた。箕之助も足袋に草履を履いている。

志江の押し殺した声に、

「たぶん」

篠は小さく返した。義父の殺された現場である。

「すごかったぁ、さっきの」

舞はまだ興奮を残したままであった。

あのあと、一度自身番に戻った。龕燈の明かりの中で、同心はサエに縄を打っていた。

逃亡を図っていたのである。浜松町軽駒屋から自身番までの往還には、戸板を蹴破る音が聞こえたのであろう、雨戸のすき間から明かりの洩れる家が何軒かあった。小者頭の持った龕燈は前面を照らしており、すき間からのぞく目にサエの顔まで見えなかったのはさいわいだったか。だが、慌しい動きを見せはじめた自身番から、あすの朝にはサエ捕縛の噂は町内を駈けめぐっていることであろう。

「――わたしはいま少しようすを見てから」

嘉吉は自身番に残った。箕之助たちの提燈は同心が命じ、浜松町の町役が自身番のものを用意した。これであすの朝、箕之助が提燈を返しにふたたび浜松町の自身番を訪れる理由ができた。

四人は茂平左の落とされた川原に合掌し、金杉橋を過ぎた。足元はふたたびぬかるみを踏む鈍い音となった。他に人通りはない。

金杉通りを過ぎ芝の街並みに入ると、大戸は降ろしているが潜り戸から明かりの洩れているお店《たな》が一軒あった。一丁目の軽駒屋である。茂平左の遺体を運びこみ、町内の者が幾人か来ているのであろう。

「まあ！　篠さんっ」

潜り戸を開けるなり声が立った。篠の悋気構の仲間たちが来ていたのだ。棺桶は奥の部屋に安置され、その前に茂吉がまだ茫然と座していた。

すぐに足洗いの湯が用意され、

「ふーっ、極楽」

汚れた足袋を脱ぎ、急にあたたまった足に箕之助は声を出し、志江と交互にさきほどの経緯を女たちに話した。その話のなかに篠はむろん、茂吉の町内預かりも吹き飛んでしまっている。話すなかに、女衆の歓喜の声が何度も上がった。

「ねねね、すごかったんですよ」

捕り物の場面になったとき、舞も横合いから口を入れた。

「あっ。あたしは二丁目の……」

自分の素性も話している。

ふたたび提燈はおもてに出てすぐ脇道に入った。舞の裏店がある二丁目である。提燈は他町のものでも〝自身番〟の文字が墨書されておれば、どこの木戸でも木戸番を起こし怪しまれず通ることができる。

提燈に浮かぶ影は二つとなり、大和屋に戻ると志江はふたたび足洗いの湯を沸かしはじめた。

「でも、おサエさん、殺しまでするとは、単なるお妾さんだけではなかったのでは。いったいどんな事情が」

炭火に顔を火照《ほて》らせながら言った志江に、

「うーむ」

簑之助は手を炙《あぶ》るように差し出し、頷きだけを返した。浜松町から戻る途中、簑之助の脳裡にもずっとながれていた疑問である。しかし答は浮かんでこない。問われても、ただ首をかしげるだけであった。


おなじ時刻、浜松町の自身番ではおもての提燈はむろん、屋内にも油皿や行灯《あんどん》の明かりがいくつも点《つ》けられていた。そこに残った嘉吉は、奥の板敷きの部屋にまでは入れないものの、畳の部屋に待機することは同心の一存で許された。書役が横で筆を走らせている。声は聞こえてくるのだ。

「あたしも馬鹿ですねえ。せっかくながした噂なのに、逆にそこからつけ入られたとは」

サエは篠のときとは違い、縄を打たれたままである。すべてを話しはじめた。嘉吉は聞き耳を立てた。大旦那の仁兵衛がというよりも、簑之助と志江の最も知りたがっているところである。

八年前のことらしい。小石川の脇道の奥で、その小さな下駄屋は表通りに出る夢を叶《かな》えようとする直前であった。以前からつき合いのあった、ながしの下駄の歯入れ屋が耳よりな話を持ってきた。常店《じょうみせ》を構えている小さな下駄屋は、その歯入れ屋の実直な性格を知っており、持ってきた話に喜んだ。いずれかの街道筋に、貸店《かしだな》のいい出物があるというのである。手付金を預かった歯入れ屋は、他に借りたがっている者もいて競争になっているからとつぎつぎに金を持っていき、やがて行方をくらませてしまったらしい。

「そのあとでしたよ。お父つぁんが首を括《くく》ったのは。乳飲み子だったあたしを抱えていたころからの、長年の夢が明日にも叶うというときだったのですから、衝撃も並じゃなかったのでしょうねえ。え？　それからのあたしですか。そりゃあ小娘が一人ぽっちになったのですから、あとを追おうと何度も思いましたよ。でもね、お父つぁんはまだ小娘だったあたしには、ただ楽しみにしておけと言っていただけで、金をそそぎこんでいた店の場所は言わなかったのですがね、あたしはその男の顔を二度ほど見ており、名も知っておりました。それでかえって死ねなかったのですよ。找《さが》しました、あっちの水茶屋こっちの居酒屋と転々とし、もちろん酌婦です。見つけました。増上寺の、そう、この町向こうの門前町ですよ。路地裏の居酒屋で酔客の相手をする毎日だったのですが、そのなかにいたんですよ。モヘーが茂平左などとご大層な名乗りを上げてサ。でも、可愛いじゃないか。軽駒屋などと街道筋に暖簾を張っても、遊びは路地裏でちょいと呑むくらいしかできないのだから。そういう爺さんほど、落としやすいのさ。あたしゃ伊達《だて》や酔狂で八年も酌婦をやってきたわけじゃありませんからねえ。え？　出し下駄ですか。そりゃあまあ、あんなことで店のお客さんが増えてくれるんなら、少々くねらせるのなんかお安いご用さ。モヘーの爺さんもそれを喜んでさあ」

書役は淡々と記している。だが、嘉吉は戦慄《せんりつ》を覚えていた。

同心は言った。

「それでおまえ、芝一丁目の軽駒屋を乗っ取ろうとしたのか」

サエは答えた。

「旦那、冗談言ってもらっちゃ困りますよ。お父つぁんの因縁がこもっている店なんざ、なんであたしがそんなとこに入れますか。涙が出ますよ。後妻に入る噂はお見通しのとおり、あたしの策略でしたよ。旦那方の目を別のほうに向けさせるためのね。えゝ、最初から殺しが目的だったんですよう。どのようにって？　あの日もモヘーの爺さん、鼻の下を伸ばしてやって来たものだから、存分に飲ませましてねえ。せめて橋のところまでって、送っていったんですよ」

「そこで突き落としたのか」

「いいえ。先に簪で刺しました。その日のために、柄が細身で丈夫なのを用意していましたから」

「ふむ。あの傷は、やはり簪の柄だったのか」

「えゝ。でも、嬉しいじゃありませんか。あたしが簪を向け、理由《わけ》を言ったときですよ。モヘーの爺さん、いやに落ち着いていましてねえ」

「どのように？」

同心はあらためてサエを見つめた。

「――似ていると思っていたが、やはりおまえだったか」

茂平左は言ったという。さらに喉元へ簪の尖《とが》った切っ先を突きつけられたまま、

「――魔が差したのだ。いままで、ずっと気になっていた。わしがおまえに殺されるのはかまわん。だが、息子夫婦だけはそっとしておいてやってくれ。あの夫婦は、まったく知らないことなんだ」

茂平左は簪の切っ先の下で手を合わせたという。

「あたしゃねえ、旦那。腹が立ちましたよ。息子夫婦たちの知らないことだから、そっとしておいてやってくれだって？　だったらあたしはどうなんですよう。あたしのお父つぁんはねえ、あたしの行く末を思うこともできず……」

サエの言葉が途切れた。

「ふむ。それで刺したか」

「………」

「刺したのだなあ」

「はい」

ふたたび聞こえはじめた。サエの声は元に復していた。

「あの爺さん、手を合わせたまま目をつむりましたよ。だからそこを、誘い込まれるよう

に……あとは、力任せに橋の下へ」

同心の洩らすため息が、嘉吉の耳にも聞こえた。声が飛んできた。

「おい、書役。いまの話、すべて書き留めたか。一字一句、洩れるのも許さんぞ！」

「へい。のちほどお改めを」

書役は返した。

嘉吉が帰途についたのはこのあとである。提燈はまた同心が言って自身番が用意した。

「縄付きのままで可哀想だが、サエはあしたの朝早く八丁堀の大番屋に引くぞ」

同心は嘉吉にも聞こえるように言っていた。浜松町の町役たちは、ホッと安堵のため息を洩らした。事件への出費はあすの朝までであり、あとは残った店の処理を芝の軽駒屋と相談するだけである。

外は凍《い》てつくような星空になっていた。古川の往還に、嘉吉はサエの供述を間違わないように何度も反芻《はんすう》していた。

夜明け前、外はまだ暗い。寝所にしている二階の部屋で、箕之助と志江は玄関の板戸を激しく叩く音を聞いた。

（また何か異変が）

箕之助は跳ね起き、

「あの声、嘉吉さん！」

志江も言うなり寝巻きのまま階《きざはし》に大きな音を立てた。箕之助もつづき、三和土に跳び下りると急いで板戸を中から開けた。嘉吉が明かりの灯った提燈を持って立っている。昨夜箕之助が借りて帰ったのとおなじ自身番の提燈である。その明かりがまだ暗い店場に入った。

「どうした！」

上ずった箕之助の問いに、

「ご心配なく」

嘉吉のほうが落ち着いており、三和土でまだ提燈の明かりを持ったまま、

「サエはすべてを……」

と、声を低め昨夜の供述の内容を話しはじめた。

「えっ、そんなことが！」

「まさか茂平左さんが⁉」

箕之助も志江も絶句した。嘉吉はつづけた。

「大旦那さまは、このことはおもてにしないほうがいい……と」

死んだ茂平左をいたわるよりも、当人の願いであった、茂吉と篠を〝そっとしておく〟ためであろう。同時に、軽駒屋の暖簾を守るためでもあった。箕之助と志江は頷き、自分

たちがまだ寝巻きのままであるのに気づき、ようやく朝の寒さを感じはじめた。

「わたしは大旦那さまから最後まで見届けるように言われ、これから浜松町へ」

「一緒に行くぞ」

嘉吉が言ったのへ箕之助は返し、すぐに着替えた。日の出はまだだが、外はようやく東の空の白みはじめたのを感じる。歩きながら嘉吉は提燈の火を白い息で吹き消した。中には新しい蠟燭《ろうそく》が一本入っている。箕之助がふところに入れた提燈にも新しいのが添えられている。借りた提燈を返すときの作法である。

街道にはもう人影がちらほらと出はじめていた。地面はぬかるみではなくなっているもののまだ湿っており、随所に水溜りもある。用心深く歩く。

軽駒屋はまだ大戸を上げていなかったが、潜り戸には人が出入りしているのであろう、障子戸が見えていた。きょうあたり、葬儀となるのであろう。

金杉橋にかかったとき、ようやく往還にも朝の陽光が照りはじめた。快晴で、かなり多くなった人のながれに、吐く息がいずれも白い。辻駕籠もすでに威勢のいい掛け声とともに往還を走っていた。

間に合った。自身番の前に人だかりができていた。噂はやはり早かったようだ。同心の一行はまだ出立《しゅったつ》していない。

「はい、ごめんなさんして」

二人はともかく、提燈を返すため自身番の中に入れてもらった。

日の出のあとしばらく経てから、一行は自身番を発った。このときはもう箕之助と嘉吉は町内の野次馬たちに混じり、足早に目の前を通り過ぎる一行を見送っていた。縄目を受け、街道を引かれて行くサエを一目見ようとしていた野次馬たちは、

「おおぉ」

「あらー」

白い息とともに声を上げた。サエは辻駕籠の中にあって垂《たれ》も降ろしていた。顔も姿も見えない。蓬莱屋の仁兵衛の計《はか》らいであった。

「——費用は持たせてもらいましょうほどに」

と、自身番に入るなり嘉吉が仁兵衛の書状とともに同心に願い出ていたのだ。同心にも町役たちにも、昨夜のサエの供述はまだ耳に生々しい。「罪人をさように」などと言う者はいなかった。全員が同意した。

「それは、それは。いいことをなさってくださいました」

帰ってきた箕之助の話に、志江も安堵したように言ったものだった。最初にその肩を打ち据えたのは志江なのだ。ただ留吉だけが、まだ箕之助の戻らぬ前に、朝の大和屋へ顔を入れ、

「——えぇえ！　箕之助旦那、また浜松町ですかい。恨みやすぜ、あっし一人が蚊帳《かや》の外

たあ」

と、道具箱を担いだまま不機嫌だったという。

「ま、仕方ないよ。こんどばかりはわたしも蚊帳の外で、主人公はおまえと篠さんだったんだからねえ」

「まっ」

箕之助の言葉に志江は反発するような声を上げ、

「でも、この件に日向さまが札ノ辻の辻屋さんのときのように、最初から関わっておられたなら、どう動かれたでしょうねえ」

「うむ」

箕之助は頷いた。箕之助も、嘉吉からサエの供述内容を聞いたとき、強烈にそれを思ったのだ。簪の一突きは紛れもなく、

(捨て身の仇討ち)

だったのである。箕之助と志江に、あとの言葉はなかった。寅治郎はいまも、街道にその身をさらしているのだ。

その日の夕刻、舞のあとから大和屋へふらりと立ち寄った寅治郎は、

「ほう、さようであったか。人はそれぞれに目的を持って生きておるのだのう」

淡々と言っていた。その横で舞はまた志江と篠の、闇の中での大立ち回りを実際に見た

ように話し、留吉はいっそう悔しがっていた。

翌日、箕之助は嘉吉と一緒に大八車を牽いて三田二丁目の松平屋敷に行った。なにしろ六万六千石の中屋敷である。大和屋の物置部屋には熨斗鮑《のしあわび》に昆布や塩鳥《しおどり》、漆塗りの折櫃《おりびつ》に柾目《まさめ》の檜台などが積み上げられた。もちろん蓬萊屋の倉にはそれに倍する量が運びこまれている。しばらくはどのような注文にも対応できそうだ。さっそく葬儀を終えた軽駒屋から話が来ようか。

その夜、二階の部屋に上がってから志江は言ったものだった。

「ねえ、おまえさん。どうしてこうなったのでしょうねえ」

「ん？　うん」

箕之助は頷き返した。なぜ軽駒屋の奥の奥まで踏み入ることになってしまったのか……そのことである。頷きだけで返答のない箕之助に、また志江は言った。

「これが献残屋なんでしょうか」

「だから仁兵衛旦那がいつも言っていなさる。相談に乗っても、みずから口は出すな、と」

「難しそうですね」

二階の部屋に、さきほどから行灯の明かりは消えている。

浜松町のほうから、町の住人らが町役たちの肝煎《きもい》りで、奉行所にサエのお裁きへの手心を願い出たとの噂が伝わってきたのは、それから数日後のことであった。茂平左の落度が、それとなく噂となってながれたのであろう。浜松町軽駒屋の品はすべて芝の軽駒屋が引取り、店の賃貸《ちんたい》の清算も町役立会いのもとに家主と話をつけたのは篠だった。篠もまた、奉行所への嘆願に名を連ねていた。さらに仁兵衛を通じて同心に頼み、牢内のサエへ女牢名主に贈る金子《つる》も密かに送りこんでいた。

芝一丁目では、茂吉は黙々と下駄の歯を打っているという。ときおり手元を狂わせることがあるそうな。

志江も顔を出した芝一丁目の悋気構で、女衆は言っていた。

「篠さんのような人を女房にして、ほんと茂吉さんは仕合わせな男だよ」

「そう。あたしもそう思うよ」

せっかくの悋気構が、その日ばかりはいつもの機能を失っていた。

あとがき

この献残屋シリーズが六冊目を迎えることができ、読者の方々のご支援あればこそのことと感謝している。江戸時代の献残屋とは単なる古道具屋ではなく、「見えざる絆」で舞が秋刀魚《さんま》の包み紙をすり切れるまで使い、また大和屋が松平屋敷に〝上がり太刀〟を納め、さらに「悋気構の女」で箕之助が嘉吉と一緒に大八車を牽《ひ》いてその松平屋敷へ落成祝いの品を引き取りに行ったように、いわば現在のリサイクル・ショップの原形と言える。大げさな言い方かもしれないが、地球への優しさが謳《うた》われている今日、江戸時代の献残屋がすでにその範を示していてくれたのである。

本シリーズは毎回、その献残屋の箕之助が商いの上でつい得意先の奥向きに踏み入ってしまい、用心棒の日向寅治郎や蓬莱屋の仁兵衛らを巻き込みながら、おもてには出せない揉め事の解決に奔走するのが主な構成となり、そこへ各回とも忠臣蔵の一節が出てくる。つまり箕之助をはじめ大工の留吉や妹の舞たちは大石内蔵助とおなじ時代を生きていたことになるが、今回は三編とも仇討ちが中心の物語となった。また、忠臣蔵以外の二編は武士による仇討ちではなく、町人社会でのものとなった。

情状の余地なく人を殺せば、その罪は死に価する。それがまた、時代を問わず刑法の根幹だが、その情状の最も端的に認められるのが仇討ちであり、しかもそれは人としてのやむにやまれぬ至情《しじょう》によるものと解釈できる。さまざまな仇討ち譚《たん》が人の共感を得る理由もまたそこにある。だが、それが公認されたのは武士の世界だけであり、これには江戸時代の幕藩体制にあっては藩の司法権が国境《くにざかい》を越えれば及ばないため、やむなく幕府や諸藩公認の下に個人が執行しなければならなかったという背景もあった。

では、町人の場合はどうか。仇討ちが人の至情より出たものとすれば、当然身分を問わず存在したはずである。「見えざる絆」の治平も、「悋気構の女」のサエもその範疇《はんちゅう》に入ろう。武士ならその場で本懐を遂げ天晴れなる者として賞賛を浴びることになるが、町人の場合はまず殺人犯として縄目を受けなければならなかった。だがお白洲《しらす》の結果、それが紛れもなく仇討ちとなれば、情状酌量で無罪放免となる場合が多かった。

第一話の「見えざる絆」のナカとイヨが素金屋《そがねや》を殺したのも、治平がその手下だった遊び人風二人に止《とど》めを刺したのも、まさしく仇討ちであった。だがこの場合、借財の証文は対手方《あいて》にあり、しかも婿《むこ》が返り討ちにあったことに対するものであり、お縄を受けてもそれが厳然とした仇討ちだったと認められるかどうかは疑わしい。その自覚が治平とナカ、イヨにあったから、周囲を欺くための芝居を家族で打ったのである。その芝居に箕之助が疑念を持ったのは、まさに献残屋なればこそのことであった。

本編ではいつも慌て者の留吉が、大工ならではの目でナカとイヨが実の母娘であることを見抜き、事件の穏当な解決に大きな力となる。さらに寅治郎が、それが仇討ちであることに勘づいたのは、みずからが敵持《かたきもち》で常にその方面へ神経を研ぎ澄ましていたからに他ならない。落着のあと、蓬莱屋の仁兵衛が「頼まれもしないのに、他人《ひと》さまの奥を詮索するのは禁物」と言い、箕之助が「はい」と返したのは、両名とも寅治郎の背景をうすうす感じていたことを意味する。だが二人が想像していたのは、寅治郎が敵《かたき》を追い求めているというものであったに相違ない。また、変則的な仇討ちでナカが累《るい》を寅治郎たちに及ぼさないため、最後まで芝居を打ちつづけることになったが、お江戸の町にこうした女は必ずいたはずと信じている。それがお江戸の市井《しせい》なのだ。

第二話の「本懐への道」が本編での忠臣蔵外伝である。テレビドラマや映画の忠臣蔵にはさまざまな名場面が出てくるが、浪士が吉良邸の絵図面を入手する手段もその一つである。もちろんそこにはいろいろな解釈や物語が創作され、そのなかで最もポピュラーなのが、浪士の一人が改築を請負った棟梁の娘から入手するというものであり、これは恋あり苦悩ありで物語としては面白い。だが、いずれが史実に近いのか、あるいは本当に浪士が絵図面を入手していたのかさえまったく不明である。ここでは大工の留吉が大いに活躍するが、まったく考えられないことでもなく、また奇想天外な方法でもない。それが留吉でなくとも、あり得る方法として読者の方々の共感をいただければ幸いである。

なお、大石内蔵助が江戸組急進派をなだめるため、元禄十四年（一七〇一）九月に上方《かみがた》から原宗右衛門、潮田又之丞、中村勘助の三人を江戸へ派遣し、そのほか浪士が吉良邸近くに商いの場を設け、安兵衛が道場を開いたのは、史実として多くの研究者の一致するところである。翌十月には、使者の三人が逆に江戸急進派に説得されて帰ってきたのに驚いた大石が、直接江戸へ下向することになる。このとき当然、大石は寅治郎の座っている茶店の前を通ることになるが、この場面は次回に描きたいと思っている。

また本話で寅治郎は、これまで毎日街道の往来人に視線を向けていた理由《わけ》を、不破数右衛門が舞に語ったほんの一言が原因で明らかにしなければならなくなる。寅治郎はそれを「人はそれぞれに人生を背負い……」と表現し、自分が敵持ちとして追われる側であることを話し、追う者を「蟻地獄から一日も早う救ってやろうと」見つけられる日を待っている心情を吐露する。箕之助も志江も衝撃のあまり、その詳細をこのときは敢《あ》えて訊《き》こうとはしなかったが、これについてはやがて一つの話として設定したい。

第三話の「悋気構の女」だが、悋気構というのは当時実際にあった。その目的や効能は本編の中でも示したように、嫁たちの憂さ晴らしであり息抜きであった。女性読者にはそこに共感を覚えられる方もおられようか。また男性の読者には「魔が射した」点は非難しても、苦労の甲斐あって身を立てたあとサエにも店を持たせた心情は理解できようか。だが、そこに大きな罠《わな》があったと分かったとき、茂平左はようやく苦しみから解放されたのではないだろうか。だから茂平左は息子夫婦の行く末を心配しながらも、突きつけられた簪《かんざし》の前に目を閉じたのである。サエはお縄になったが、吟味の結果無罪とならないまでも、罪はかなり軽いものとなることが予想される。サエが牢から出てきたとき、その行く末についても、篠ができる限りの面倒を見ようとすることが予測できようか。
　結局この物語でも大和屋は他人《ひと》さまの奥向きに踏み入ってしまったのだが、志江が箕之助に「これが献残屋なんでしょうか」と言ったとおりである。これからも大和屋が営業を続ける限り、箕之助はさまざまな事件に翻弄されることになるだろう。

喜安　幸夫

平成二十年春

ベスト時代文庫

献残屋 見えざる絆

喜安幸夫

2008年7月5日初版第1刷発行

発行者……………………栗原幹夫
発行所……………………KKベストセラーズ
〒170-8457 東京都豊島区南大塚2-29-7
振替00180-6-103083
電話03-5976-9121（代表）
http://www.kk-bestsellers.com/
DTP……………………オノ・エーワン
印刷所……………………凸版印刷
製本所……………………フォーネット社

落丁・乱丁本はお取替えいたします。
定価はカバーに明記してあります。

Printed in Japan ISBN978-4-584-36640-0 C0193